AF222466

Marie-Luise Schmitz

Rauchzeichen

Roman

Die Autorin wurde 1958 in Hessen geboren und ist gelernte Gärtnerin.
Sie lebt heute mit ihrer Familie und Hund im nördlichen Rheinland-Pfalz.

Danke !

An alle, die an mich geglaubt
und die mich unterstützt haben.

Roman „Rauchzeichen"
© 2009 Marie-Luise Schmitz
Herstellung und Verlag: BoD GmbH, Norderstedt
Umschlaggestalltung: Sven und Jennifer Schmitz
ISBN: 978 383 7082 135

Sonntag, der 19. 8. 2007

Doro blieb stehen und atmete tief ein, es war ein mil-
der Morgen, die Luft war samtig und weich, es würde
ein schöner Tag werden. Ihr Blick ging über fruchtbare
Äcker und Felder bis weit in die Ferne, am Horizont
zeichneten sich die dunkel bewaldeten Hügelketten
der Eifel ab. Doro liebte diese Aussicht, auch die rot-
braune Irish-Setter-Hündin schien sich zu freuen. In
eleganten wellenhaften Bewegungen jagte sie übers
Feld, die Nase dicht am Boden, irgendeiner Fährte
hinterher. Die Sonne schob sich hinter einer Wolke
hervor und ließ Doro blinzeln.
„ Es tut so gut die Sonne zu spüren, die letzten Wochen waren doch richtig verregnet und jetzt, wo die
Sommerferien gut vorbei sind, ist endlich schönes Wetter gemeldet."
„Ja, die letzten Wochen waren recht kühl und verregnet, vom Sommer nichts zu spüren, trotzdem ist es gut,
dass wir am Wetter noch nichts ändern können."
Bert, Doros Mann, ging gemütlich neben ihr her und
schien den frischen Morgen genauso zu genießen.
„Morgen beginnt für Viola der Ernst des Lebens."
„Genaugenommen hat Viola erst übermorgen ihren
ersten Arbeitstag, aber sie hat sich doch schon während der letzten Wochen auf ihr Lehramt vorbereitet –
sie hat kaum Urlaub gehabt."
Viola war die erwachsene Tochter von Doro und Bert,
die irgendwann im neunten Schuljahr auf die Idee
kam: Ich werde Lehrerin und nichts konnte sie von
ihrem Ziel abbringen. Zum nächsten Schuljahr sollte

sie jetzt ihre erste eigene Klasse übernehmen, ein erstes Schuljahr an der Grundschule der nahen Kleinstadt. Unwillkürlich senkte Doro ihren Blick, aber die Stadt unten im Tal konnte man nicht sehen, zu tief lag sie zwischen den Bergen versteckt. Doch dort am Hügel gegenüber zog eine dünne Rauchsäule senkrecht nach oben.

„Sieh mal dort drüben am Hang, kann es sein, dass ich dort Rauch sehe?"

Bert blickte in die angegebene Richtung.

„Ja tatsächlich, da scheint etwas zu brennen, will wohl jemand seinen Kompost oder Müll entsorgen, der wird aber bei der Feuchtigkeit im Wald kaum brennen."

„Na, ich glaube, dort brennt es aber ganz ordentlich."

Die schmale Rauchsäule schien sich langsam zu vergrößern.

„Wo mag das sein, ich sehe nur Wald, oder was siehst Du?"

„Ich weiß es nicht genau, aber dort irgendwo müsste doch die Waldstraße sein."

Beinahe wie zur Antwort stieg aus dem Tal gedämpft und leise das Geräusch von Sirenen zu ihnen herauf. Gedämpft und leise, aber trotzdem bedrohlich. Doro hasste Feuer und konnte sich den Geruch und das Prasseln der Flammen beinahe bildhaft vorstellen. Feuer hatte schon so viele Existenzen zerstört und obwohl sie nicht wusste was tatsächlich dort hinten am Hang vorging, konnte sie sich in die Nöte der Betroffenen hineinversetzen.

Die Harmonie des Morgens war dahin, auch Kelly, die Hündin, hatte wohl erst mal genug vom Jagen und schien mit ihren treuen Augen und leicht schiefgeleg-

tem Kopf fragen zu wollen
„Wann geht es endlich weiter?"

Der folgende Tag war ein Montag, dort konnte sie es
dann in der Tageszeitung lesen:
„Haus in der Waldstraße beinahe vollständig ausge-
brannt, glücklicherweise keine Toten oder Verletzten,
da sich die Besitzer in Urlaub befanden. Der Schaden
geht in die Hunderttausende, die Polizei schließt
Brandstiftung nicht aus."

Einige Tage später war in einem anderen Bericht zu
lesen, dass die Polizei weiterhin ermittelt und auf sach-
dienliche Hinweise aus der Bevölkerung hofft. Der
Hausherr würde vermisst, mit ihm auch seine Schusswaffen.
Doro runzelte die Stirn, nachdem sie den Artikel gele-
sen hatte, das war ja wirklich merkwürdig.
An demselben Nachmittag kam Viola zu Besuch.
„Schön, dass du dich endlich mal wieder sehen lässt,
ich platze vor Neugierde, wie die ersten Tage mit deiner neuen Klasse waren und wie du mit der Rassel-
bande zurechtkommst."
„Oh Mama, ich bin k.o., eigentlich sind die Kinder lieb
und nett, aber die Geräuschkulisse ist enorm, wenn
einer was sagt, rufen die anderen auch dazu. Die sind
nicht mehr so schüchtern, wie wir früher waren."
„Ach, Maus, das weißt du doch schon länger, ich bin
sicher, dass du dir noch etwas mehr Respekt verschaf-
fen kannst und ein wenig mehr Ruhe in deine Klasse
hineinbringen wirst, wahrscheinlich seit ihr alle noch zu
aufgeregt. Wie viele Schüler hast du denn in deiner

Klasse?"

„Eigentlich sollten es fünfundzwanzig Kinder sein, aber ein Schüler ist nicht gekommen, so sind es nur vierundzwanzig."

„Wie, einer ist nicht gekommen, ist das Kind krank und kommt später, oder wie kann ich das verstehen?"

„Nein, der kleine Mattias wird wohl gar nicht kommen, stell dir vor, letzten Sonntag ist das Haus seiner Familie abgebrannt, der Vater wird vermisst, und die Mutter ist mit Mattias wieder nach Köln gezogen."

„Ja", ergänzte Doro, „und die Schusswaffen werden auch vermisst. Warum braucht jemand Waffen bei sich zu Hause?"

„Soweit ich weiß, war der Herr Kleinschmidt passionierter Jäger, oder wollte hier in der Eifel seinem Hobby wieder nachgehen und außerdem sollte er diese Woche eine leitende Stelle im Steigenberger Hotel einnehmen. Aber woher weißt du denn schon wieder davon, Mama?"

„Oh, dein Vater und ich haben die Rauchwolken morgens beim Spazierengehen gesehen und einiges stand in der Zeitung. Was du mir jetzt noch erzählt hast macht mich recht nachdenklich, die Frau und das Kind tun mir leid."

„ Ja, das stelle ich mir auch schlimm vor, so plötzlich vor dem Nichts zu stehen."

Donnerstag, der 6. 3. 2008

Es war früher Morgen, noch dunkel und Doro war auf dem Weg nach Köln zum Blumengroßmarkt. Nach einer langen Winterpause hatte sie sich schnell wieder in ihren Arbeitsrhythmus gefunden. Doro war gelernte Gärtnerin und arbeitete nun schon seit fast dreißig Jahren in einer kleinen Gärtnerei. Ein Familienbetrieb mit einem Blumengeschäft, den Außenanlagen für Stauden- und Baumschulabteilung und den Saisonpflanzen, viel Betrieb brachte noch der Friedhof, der gegenüber auf der anderen Straßenseite lag.
Sie hatte sich im Laufe der Jahre unverzichtbar gemacht und hatte es übernommen bei Bedarf größere Einkäufe direkt in Köln zu erledigen, sehr zur Erleichterung ihrer Chefin, die nicht mehr gerne mit dem Transporter in die Stadt fuhr und die diese Aufgabe auch nur ungern ihrem Mann übertrug, da der die Hälfte vergaß, oder vieles unnötige mitbrachte. Auf Doro konnte man sich verlassen, sie hielt sich an ihren Bestellzettel, brachte aber immer das ein oder andere Schnäppchen mit, wenn sie der Meinung war, das es sich gut verkaufen lassen würde.
Nur Kelly war mit dieser Regelung nicht einverstanden, denn sie hatte jetzt schon um fünf Uhr morgens zum Gassi gehen raus gemusst, es war noch stockdunkel gewesen und sie hatte ihr Frauchen ungläubig angeschaut, die letzten beiden Monate hatte sie ausschlafen dürfen und jetzt plötzlich ... Aber Doro war unerbittlich.
„Du kannst doch nachher weiterschlafen, jetzt wird erst mal das Morgengeschäft gemacht und dann hast du

deine Ruhe, heute Mittag bin ich wieder da, Frauchen muss halt jetzt wieder arbeiten gehen."

Da auch Bert jeden Morgen früh aufstand und zur Arbeit fuhr blieb Kelly keine andere Wahl.

„Du gewöhnst dich schon wieder daran, es ist doch jedes Jahr das gleiche, in fünf Stunden bin ich spätestens wieder bei dir."

So fuhr Doro leise vor sich hin summend am Rhein entlang, parkte ihr Auto und ging mit einem großen Einkaufswagen versehen in den Blumengroßmarkt hinein.

Drinnen war schon Frühling, der Duft von Tausenden Tulpen und Osterglocken, Hyazinthen und Primeln schlug ihr entgegen, es roch erdig und feucht und Doro blieb erst einmal stehen und nahm eine tiefe Nase voll, genau das war es, was sie so sehr liebte. Sie machte sich zuerst auf den Weg, um die bestellten Topfpflanzen zu kaufen.

Elatior-Begonien, Azaleen und Hibiskus waren schnell gefunden, das waren für Doro null-acht-fünfzehn-Pflanzen, da brauchte man nicht lange zu suchen, Hauptsache der Preis stimmte.

Bei Orchideen und Palmen, die ihre Chefin schon für die Osterdekoration haben wollte, musste man auch mehr auf die Qualität der Pflanzen achten.

„Ja", dachte Doro, „in vierzehn Tagen ist schon Gründonnerstag, Ostern ist dieses Jahr tierisch früh, gar keine Zeit sich gemütlich aufs Frühjahr einzustellen, kaum fängt die Maloche wieder an, ist auch der Stress schon da."

Da die Gärtnerei, in der Doro arbeitete keine Gewächshäuser besaß, war sie in der Regel im Januar und Februar witterungsbedingt arbeitslos gemeldet,

10

meistens fing sie Mitte März dann wieder mit ihrer Halbtagsarbeit an, dieses Jahr hatte sie schon zum ersten März wieder begonnen, da Ostern so früh fiel.

Doro war anfangs in ihrer Ehe auf ihren Verdienst angewiesen gewesen, sie war jetzt schon seit dreißig Jahren mit ihrem Bert verheiratet, hatte zwei Kinder bekommen und sie hatten ein eigenes Haus gebaut, da war ihr Geld einfach notwendig gewesen.

Inzwischen waren die Kinder selbst schon erwachsen und führten ihr eigenes Leben, eigentlich könnte sie sich auf ihren Haushalt konzentrieren, mit ihrem eigenen Garten und dem Hund dazu bekäme sie sicherlich keine Langeweile, aber Doro liebte ihren Beruf. Schon seit sie denken konnte, war das Herumstreunen in der Natur für sie das wichtigste gewesen und daran hatte sich nichts geändert, obwohl sie schon jenseits der fünfzig war.

„Jetzt noch ein paar Besonderheiten für Frühlingsschalen und dann kann ich für meine gute Frau Krause nach einigen schönen Schleifenbändern sehen. Steckdraht grün und Wickeldraht, noch einige Weidenkörbchen und dann kommen schon die Schnittblumen an die Reihe."

Doro war sehr zufrieden mit ihrem Einkauf, sie hatte einige Raritäten gefunden, die nicht auf der Einkaufsliste standen, die aber sehr wahrscheinlich zu allererst verkauft werden würden, schließlich kannte sie auch ihre Kundschaft.

Nachdem nun auch die letzten Schnittblumen gekauft und in dem Transporter verstaut waren, warf Doro einen Blick auf ihre Uhr, es war noch nicht einmal Zehn und nun würde sie sich ihren wohlverdienten Kaffee genehmigen, das hatte sie sich im Laufe der Jahre einfach angewöhnt. Es war ihr auch egal, was Herr oder Frau Krause davon hielten, wenn sie wüssten, dass Doro sich jedes Mal eine halbe Stunde Zeit zum Frühstücken abzwackte.

„Egal, könnten auch mal selber fahren!"

Schon steuerte sie die Cafeteria an und winkte Fritz hinter der Theke zu, sie schob sich hinter einen freien Tisch und sah sich um.

„Keiner da, den man kennt, auch gut, vielleicht hat Fritz nachher ein wenig Zeit zum Plaudern."

Fritz war der Besitzer der kleinen, aber meist recht gut besuchten Cafeteria am Großmarkt, er war immer gut gelaunt und kam häufig auf ein paar Worte zu seinen Stammgästen an den Tisch. Doro wusste nicht, ob sie zu den Stammgästen zählte, manchmal kam sie nur einmal im Monat, im Winter meistens gar nicht, aber das war ihr egal, sie mochte Fritz und seinen Humor, der Kaffee schmeckte gut und die Brötchen waren immer frisch und gut belegt.

Schräg vor ihr, in einer Ecke hing ein Fernseher von der Decke, wo meistens eine aktuelle Sendung lief: Nachrichten, Sport oder Frühstücksfernsehen, so auch heute, ein Bericht über den Klimawandel und die dahinschmelzenden Gletscher. Der Ton war zu leise, sodass man nur die Bilder anschauen und die Untertitel lesen konnte, aber bevor Doro sich darauf konzentrieren konnte kam die Bedienung und fragte nach ihren Wünschen.

„Oh, ich dachte Fritz hätte ... nah ist auch egal, ich bekomme einen großen Pott Kaffee und ein belegtes Brötchen mit gekochtem Schinken."

„Sofort", kam die Antwort und Doro schaute statt zum Fernseher der Bedienung hinterher, die noch weitere Bestellungen von anderen Tischen mitnahm und flink wieder zur Theke eilte. Dort machte sie sich zu schaffen und kam in recht kurzer Zeit wieder an ihren Tisch zurück, wo sie Doro die gewünschten Dinge servierte. Plötzlich hielt sie inne und starrte wie paralysiert auf den Fernseher. Sie wurde kreideweiß, die Augen starrten groß und kugelrund und ihr Atem stand still.
Auch Doro schaute jetzt auf den Bildschirm, um zu sehen, was dort so schrecklich war. Jetzt war ein Bericht von irgendeinem Großbrand an der Reihe, die Feuerwehr war am Löschen, eine große Leiter ausgefahren, Männer hielten die Schläuche mit Löschwasser fest in den Händen. Die Bilder sprachen für sich, sie brauchten keinen Ton.
Die Bedienung stand immer noch an Doros Tisch mit schreckgeweiteten Augen, unfähig sich zu bewegen oder etwas anderes zu tun.
„Was ist mit ihnen? Sie können sich ruhig einen Moment zu mir setzen, Fritz wird ihnen schon nicht den Kopf abreißen, mein Gott, sie sind ja schneeweiß!... wenn sie wollen, trinken sie ruhig einen Schluck von meinem Kaffee."
„Das ist nett, danke, aber das darf ich nicht annehmen, es tut mit leid, doch die Bilder, das Feuer!"
Jetzt kamen Tränen aus ihren Augen gelaufen, sie ließ sich auf den Stuhl neben Doro sinken und hielt sich die Hände vor das Gesicht. Doro kramte ein Tempo aus ihrer Tasche und reichte es ihrer Nachbarin.
„Hier, nehmen sie bitte."
„Danke, sie sind sehr nett, entschuldigen sie bitte."

Sie schniefte heftig in das Taschentuch, stand dann auf und verschwand schnell in Richtung Küche.

Doro trank ihren Kaffe, aß Ihr Brötchen und winkte Fritz zum Bezahlen, von der Bedienung war noch nichts zu sehen. „Hat sie eine Phobie gegen Feuer?"

„Ja", meinte Fritz, „so kann man das auch sagen, ihr Haus ist abgebrannt und jetzt geht ihr alles was mit Feuer zu tun hat, auf die Nieren. Aber es ist nun mal zur Gewohnheit geworden, dass hier jeden Morgen die Nachrichten zu sehen sind. Ich kann nur hoffen, dass es nicht zu oft irgendwo auf der Welt brennt, denn Kathi ist eine gute Kraft, die möchte ich nicht verlieren."

„Ja, und sie hat ein angenehmes Wesen, soweit ich das in der Kürze beurteilen kann, ... seit wann arbeitet sie bei dir, ich habe sie noch nie hier gesehen?"

„Sie hat schon das Weihnachtsgeschäft mitgemacht, aber da du ja in deinem Winterschlaf warst, hast du sie natürlich noch nicht gesehen."

„Winterschlaf ist beendet, ab sofort wirst du mich wieder öfter sehen .... Aber wann und wie ist das mit ihrem Haus passiert?"

„Irgendwann letztes Jahr im Sommer, das ganze war recht seltsam und Kathi redet nicht sehr gerne darüber, aber Halt, du kommst doch aus der Eifel, dann hast du es damals bestimmt mitbekommen. Das Feuer muss ganz bei euch in der Nähe gewesen sein. Das hat bestimmt in allen Zeitungen gestanden und wenn du keine bekommst, hast du es bestimmt in eurem Blumenladen gehört oder bei euch im Dorf, da wird doch noch getratscht."

„Allerdings und das nicht zu knapp, wenn bei uns einer im Unterdorf auf den Arm gefallen ist, dann hat der im

Oberdorf schon einen mehrfachen Trümmerbruch, soviel wird da immer herumgequatscht und darum gebe ich nichts darauf."

Aber plötzlich fiel Doro der schöne Sonntagmorgen wieder ein und sie konnte in ihren Gedanken die Qualmwolken in Richtung Himmel steigen sehen.

„Wenn du vom Feuer in der Waldstraße sprichst, den Qualm davon habe ich sogar selbst gesehen, Sonntagsmorgens war es, als wir mit unserem Hund unterwegs waren. Irgendwie hat es damals auch meine Ruhe zerstört, als dann auch noch das Schrillen der Sirenen zu uns rüber wehte sind wir weitergegangen. Sehen konnten wir ja sowieso nichts, dazu war alles zu weit weg und hören auch nur, weil der Wind aus der richtigen Richtung kam ...."

Plötzlich verfiel Doro in ein stilles Grübeln, sie schloss die Augen. „Wie hieß die bloß noch", sie ging in Gedanken eine ganze Reihe von Namen durch, „verflixt, ich komme noch drauf, irgendwas mit Schmidt war da."

„Ja genau, Kleinschmidt heißt Kathi mit Nachnamen."

„Und Mattias heißt ihr Sohn", ergänzte Doro.

„Woher wissen sie das?"

Kathi war mittlerweile wieder aus der Küche aufgetaucht, hatte unbemerkt von den beiden ihre Arbeit wieder aufgenommen, stand jetzt hinter Doro und starrte sie entgeistert an.

„Hoffentlich muss sie nicht wieder weinen", konnte Doro nur denken, als Kathi wiederholte, „Woher wissen sie, dass mein Sohn Mattias heißt, ich weiß genau, dass das in keiner Zeitung drin stand!"

Kathi runzelte die Stirn und ihr Blick wurde vorwurfsvoll. Doro war einen kleinen Moment regelrecht erschrocken, jetzt musste sie sich räuspern, um antworten zu können.

„Meine Tochter hätte seine Klassenlehrerin auf der Grundschule werden sollen, es ist ihre erste eigene Klasse und daher war sie recht aufgeregt und hat mir alles erzählt was sie wusste."

„Sehr viel kann das ja nicht gewesen sein", brummte Kathi und hätte sich zurückgezogen, hätte Fritz ihr nicht seinen Arm um die Schultern gelegt und sie an seine massive Brust gedrückt.

„Doro ist okay, die kenne ich schon eine kleine Ewigkeit, die erzählt keinen Quatsch herum. Aber da kann man mal wieder sehen, wie klein die Welt doch ist."

„Es ist mir egal, im Grunde genommen tappe ich selbst immer noch im Dunkeln und habe keine Ahnung, was eigentlich genau passiert ist, jeden Abend liege ich im Bett und bin immer weiter am Grübeln, wenn Mattias nicht wäre, wüsste ich nicht was ich getan hätte. Wir hatten so schöne Pläne gehabt und alles schien so toll zu laufen und auf einmal stand ich vor einem Scherbenhaufen."

Kathi fing wieder an zu schniefen und Fritz drückte sie noch einmal feste an sich.

„Was hilft`s Mädchen, das Leben geht weiter, sei froh, dass du deinen Sohn hast, der gibt dir Kraft und der braucht dich."

„Das stimmt, jetzt lass mich los, ich muss was tun, um wieder auf andere Gedanken zu kommen, außerdem laufen deine Gäste gleich fort, weil sie nichts mehr zu essen und trinken bekommen."

Kathi riss sich los und ging zum Bedienen in eine andere Ecke des Lokals.

„Tapferes Mädchen", meinte Fritz
„Was ist eigentlich mit ihrem Mann geschehen, es hieß damals, der sei verschwunden, ist der wieder aufgetaucht?"
„Nein, ist er nicht und das ist wahrscheinlich das schlimmste an der ganzen Geschichte, es gibt keine Spur von ihm und auch keine Leiche. Es gab heiße Spekulationen über Selbstmord, manche meinten auch, er habe sich ins Ausland abgesetzt. Kathi ist völlig ratlos, sie will von alledem nichts hören. Doch sie steht wirklich beschissen da, bei Selbstmord bezahlt keine Lebensversicherung und ohne Leiche kann man sowieso nichts machen. Zu allem Übel wird Brandstiftung vermutet, sodass auch die Feuerversicherung nichts bezahlt."
„Scheiße", meinte Doro aus tiefstem Herzen, „zum Glück ist sie wenigstens bei dir gut aufgehoben.
So, und jetzt muss ich auch weiter, sonst kriegen meine Krauses noch einen Anfall und meinen mir wäre in der großen Stadt etwas passiert. Außerdem wartet mein Hund auf mich."
„Tschüss Doro bis zum nächsten Mal."
„Machs gut Fritz, bis bald."
Auf dem Heimweg hatte Doro Schwierigkeiten sich auf den Verkehr zu konzentrieren, das Bild von Kathi neben Fritz wollte nicht aus ihrem Kopf. Kathi hatte so klein und zerbrechlich ausgesehen neben ihrem Arbeitgeber. Natürlich war es keine Kunst neben dem zwei-Zentner-Fritz klein zu wirken, seine bullige Gestalt ließ fast jeden neben ihm schrumpfen.
Nein, bei Kathi war es noch etwas anderes gewesen, natürlich tat die Frau ihr leid, sie konnte kaum älter als

ihre eigene Tochter sein und hatte so ein klares Gesicht mit ausdrucksvollen blauen Augen, die langen blonden Haare waren zu einem Zopf zusammengebunden gewesen, ein Vergleich mit dünnem chinesischem Porzellan kam ihr in den Sinn.

Schon wieder musste Doro bremsen, weil der Vordermann plötzlich ohne Blinker und ersichtlichen Grund die Spur wechselte.

„Mist", murmelte sie vor sich hin, „ich darf nicht so heftig in die Eisen gehen, sonst poltern meine Blumen hinten durcheinander und der ganze Verdienst ist dahin."

Nachmittags kam Viola.

„Ich habe uns ein Stück Kuchen mitgebracht, kochst du uns eine Tasse Kaffee dazu, dann decke ich schon mal den Tisch."

„Ich glaube, ich würde lieber einen Tee trinken, ich hatte heute mein zweites Frühstück im Blumengroßmarkt und du weißt doch, dass ich nicht zu viel Kaffee trinken mag."

„Stimmt ja, heute ist ja wieder Donnerstag und die Mama geht wieder arbeiten, wie war es denn?"

„Mach dich bloß nicht lustig über mich, du weißt, dass mir meine Arbeit Spaß macht; wer rastet der rostet...Rate mal, wen ich in Köln kennen gelernt habe."

„Wie soll ich raten können, wen du kennen gelernt hast, erzähl es mir einfach."

Und Doro erzählte ihrer Tochter von ihrer Begegnung mit Kathi Kleinschmidt.

„Seltsam, eigentlich ist mir die ganze Geschichte nie so recht aus dem Kopf gegangen, immer wenn ich mit Kelly unterwegs bin und in Richtung Waldstraße sehe, muss ich an den Brand denken. Früher sind mir die Häuser dort nie aufgefallen, aber jetzt, wo das Laub von den Bäumen ist, kann man die Dächer genau erkennen, ich könnte mir vorstellen, dass es eine schöne Wohngegend ist."

„Ja, für dich wäre es das bestimmt, du hättest jede Menge Natur um dich herum, vielen anderen wäre es zu einsam dort, es ist zwar nur ein Kilometer bis zur Stadt, aber ohne Auto ist man recht aufgeschmissen." Das Teewasser kochte und Doro goss es über die Teekräuter, ein aromatischer Duft stieg auf, den sie genießerisch einatmete.

„Und der Mann ist noch immer verschwunden?"

„Das habe ich dir doch erzählt, die arme Frau steht richtig beschissen da."

„Wie geht es dem Jungen?"

„Ich habe keine Ahnung, über ihn haben wir gar nicht weiter gesprochen, wie soll es ihm schon gehen, gut bestimmt nicht."

Gründonnerstag, der 20. 3.

Frau Krause staunte, sie hatte gemeint, Doro in all den Jahren wirklich gut kennengelernt zu haben und es hatte ihr schon leid getan, dass sie ihre Angestellte ausgerechnet heute wieder nach Köln schicken musste, es war der Kampfeinkaufstag vor Ostern. Sie wusste genau, wie sehr Doro solchen Stress hasste und dass sie all ihre eigenen Einkäufe für ihren eigenen Haushalt schon während der letzten Woche erledigt hatte. Aber es blieb leider nichts anderes übrig, all die Besonderheiten, die eigentlich für Ostern gedacht waren, waren schon verkauft worden und die wunderschöne Medinilla, die Doro zur Deko gedacht hatte, hatte sie erst gar nicht in ihren kleinen Blumenladen stellen brauchen. Schon während des Ausladens hatte sie eine gute Kundin erspäht und strahlend mit nach Hause genommen.

Sie könnte ihren Schnittblumen und Pflanzenbedarf auch bei ihren fahrenden Händlern decken, die täglich vorgefahren kamen, aber dort war die Auswahl natürlich sehr begrenzt und auch die Preise wesentlich höher. Kopfschüttelnd ging Frau Krause zu ihrem Mann, „ich glaube sie ist tatsächlich gerne gefahren, ich hatte mir schon jede Menge Argumente zurechtgelegt um sie bei guter Laune zu halten, alles umsonst."

„Sei doch froh...", meinte ihr Mann, „morgen haben wir Zeit in Ruhe alle Bestellungen fertigzumachen und einen ganzen Teil kann ich auch schon ausliefern und die paar Stunden am Samstag kriegen wir dann auch gut hin. Bis zum Muttertag haben wir es dann wieder etwas ruhiger."

Doro war tatsächlich in bester Laune unterwegs, sie dachte gar nicht an den Verkaufstrubel, der ihr bevorstehen würde, ihre Gedanken waren bei der zierlichen blauäugigen Kathi, die sie so hilfesuchend angesehen hatte, sie hoffte sie heute wiederzusehen.

Der Betrieb im Blumengroßmarkt holte sie in die Wirklichkeit zurück, verdammt, was war hier nur los. Doro hatte schon Schwierigkeiten einen Einkaufswagen zu bekommen.

Besondere Topfpflanzen wollte Frau Krause haben, die stellten zum Glück kein Problem dar, zu den schon vorbestellten, sah sie einige schöne Phalaenopsis, die sich immer gut verkaufen ließen, als Farbkontrast kaufte sie zwei Paletten kleine blaue Lysianthus.

„Wie kleine blaue Ostereier", dachte Doro und zog zufrieden in die Schnittblumen Abteilung. Gerbera standen zuoberst auf ihrer Liste und da die immer im stabilen Karton verpackt waren, konnte man die anderen Bunde gut darauf stapeln. Doro griff nach einem Karton herrlicher dunkelorange Gerbera mit schwarzem Auge.

„Stopp, das sind schon meine!"

„Sumpfschnepfe", dachte Doro, als sie den erzürnten Blick der Frau sah, die ihre Beute nun triumphierend auf ihren eigenen Wagen lud. Nach einigem Suchen fand sie noch einen Karton mit einer reinweißen, sehr großblütigen Sorte und einer, deren Farbe ins Kirschrote ging. Passend dazu fand sie gelborange Cathamus und duftende weiße Longiflorum-Lilien.

Weil Ostern war nahm sie noch einen Bund ausdrucksvoller rosa Rubrum-Lilien.

„Da wird Frau Krause zwar wieder wegen der Staubbeutel meckern, aber hoffentlich lässt sie sie dieses Mal dran, sie gehören einfach zum Ausdruck dieser Blume, und wer Angst wegen eventueller Farbflecke von den Dingern hat, kann sie auch noch selber abknipsen."

„Was habt ihr mit dem Schleierkraut gemacht, das ist ja heute schweineteuer!"

„Angebot und Nachfrage", meinte der angesprochene Händler, „ich kann auch nichts dafür, dass es so teuer ist, meines kommt aus Israel, ist aber auch Spitzenqualität."

Seufzend lud Doro das kostbare Zeug zu dem übrigen Beiwerk, das sie bei diesem letzten Händler noch gekauft hatte und schob ab zum Wagen, um ihre Beute einzuladen.

Nun stand nur noch der ersehnte Besuch der Cafeteria an, sie war gespannt darauf Kathi wiederzusehen und ganz nebenbei hatte sie auch etwas Hunger.

Laut war es, die Hektik der Markthalle hatte sich in das Lokal übertragen, es war zwar kaum voller als sonst, aber wesentlich lauter.

Da war Kathi ja, mit sicherer Hand schwenkte sie ihr Tablett um die hektischen Menschen herum, einer war ganz plötzlich aufgestanden und hatte seinen Stuhl beinahe schon in Kathi hineingeschoben, aber sie schaffte es, mit einem eleganten Schlenker die vollen Kaffeetassen und sich selbst um den Gast herumzumanövrieren, noch nicht einmal ihr Lächeln hatte sie dabei verloren. Doro suchte ihren Blickkontakt und für eine winzige Sekunde, beim Erkennen, kam ein anderer Ausdruck in ihre Augen. Aber sie nickte, bediente fertig und kam schon zu Doro herübergeeilt.

„Hektisch heute?"

„Ja, sicher, aber das gehört auch dazu. Was kann ich ihnen bringen."

Doro bestellte die übliche Tasse Kaffee, groß und mit Milch und ihr halbes Schinkenbrötchen, sie hatte sich vorgestellt mit Kathi in ein Gespräch kommen zu können und nicht daran gedacht, dass heute kaum der

richtige Tag dazu war. Zum Glück hatte sie ihre Visi-
tenkarten eingesteckt, die ihr Viola irgendwann einmal
zum Geburtstag geschenkt hatte.

Denn als Kathi mit der Bestellung kam, war sie sofort
auch schon wieder verschwunden.

„Vielleicht mag sie sich auch gar nicht mit mir über ihre
Situation unterhalten, geht mich ja auch gar nichts an.
Weiß ich alles, aber sie geht mir halt einfach nicht aus
dem Kopf heraus. Wenn sie in diesem Trubel heute
keine Zeit für mich hat, gebe ich ihr einfach meine Telefonnummer, da kann sie mich anrufen, wenn sie möchte."

Es kam Doro nicht in den Sinn, dass Kathi vielleicht gar
keine Lust hatte mit ihr sprechen zu wollen, sie hatte es
jetzt so für sich entschieden. Im Laufe der Jahre hatte
sie es jedes Mal hinterher bereut nicht auf ihren Bauch
gehört zu haben.

„Schließlich habe ich schon ein paar Jahre mehr Le-
benserfahrung und es tut gut über seine Schwierigkeiten zu sprechen, egal mit wem."

So ganz nebenbei sah sie es auch wie eine Fügung an,
Kathi kennengelernt zu haben. Doch jetzt hatte sie ihr
Frühstück verputzt, ohne dass Kathi noch einmal in ihre
Nähe gekommen wäre, so blieb ihr jetzt nichts anderes
übrig, als ihr zum Bezahlen zu winken.

Sie kramte in ihrer Geldbörse und zog schnell auch
eine Visitenkarte heraus, die sie mit ihrer Handfläche
verbarg.

„Frau Kleinschmidt ...", fing Doro an, plötzlich un-
schlüssig, wie sie überhaupt mit der Frau sprechen
wollte.

„Nein, bitte sagen sie einfach Kathi, wie alle anderen

auch."

„Ja, natürlich ... gerne, haben sie nicht Lust an Ostern zu uns zu kommen, meine Tochter Viola würde sich auch freuen, sie und ihren Sohn kennenzulernen. Das Wetter soll zwar sehr schlecht werden, aber wir würden es uns einfach gemütlich machen, Kelly freut sich auch über jeden Besuch."

Jetzt war Doro einfach herausgeplatzt und etwas verlegen, was würde Kathi denken. Sie kannten sich doch gar nicht, ob sie diese Einladung überhaupt akzeptieren würde, hoffentlich habe ich mich jetzt nicht doch noch lächerlich gemacht. Vor allen was würde Bert sagen, er wusste noch von gar nichts. Doro hatte nur mit Viola über ihre Gedanken gesprochen. Bert war ein recht gemütlicher Mensch, ihm war fast alles Recht, was seine Frau so anstellte, solange es ihn nichts anging und seine sonntägliche Ruhe störte.

Viola würde sich schon freuen, das war ihr klar, jedoch wusste sie nicht, welche Pläne ihre Tochter für die Feiertage hatte.

So schob Doro die Visitenkarte über den Tisch.

„Hier ist meine Adresse und meine Telefonnummer, sie können es sich gerne überlegen und mich einfach anrufen, wir sind zu Hause und wenn nicht, sprechen sie einfach auf Band."

„Danke, für die Einladung, ich weiß nicht, was Mattias dazu sagt, oder ob er sich schon mit Freunden verabredet hat, aber wer ist Kelly, wenn ich fragen darf?"

„Kelly ist unser Hund, sie haben doch hoffentlich keine Angst vor Hunden?"

„Nein, nein. Es war der Wunsch meines Mannes und meines Sohnes selbst einen Hund zu bekommen,

wenn ... es wäre ihr Wunsch gewesen."
Kathi schluckte, „ich melde mich bei ihnen, vielen Dank und frohe Ostern."
„Ja danke, ihnen auch frohe Ostern, bis bald."
Lächelnd verließ Doro den Gastraum und ging Richtung Wagen, jetzt war es an Kathi den nächsten Schritt zu tun und sie würde hoffentlich ihre Gedanken wieder in eine andere Richtung lenken können.

Auch Viola, die nachmittags wieder mit einem Stück Kuchen erschien, sagte lachend: „Du wirst es niemals bleiben lassen können, die Menschen lenken zu wollen. Das hat doch schon bei mir und meinem Bruder nicht funktioniert, aber es ist schon okay, wenn sie sich nicht meldet, weißt du woran du bist!
Und nun schau mal, was ich gestern bekommen habe, einen echten Elch!"
Lachend zog sie einen kleinen, knuffigen Plüschelch aus der Tasche.
„Woher hast du den denn, der ist ja niedlich, aber ich dachte doch, dass du aus dem Alter heraus wärst."
„Gestern war Elchalarm in der Stadt, das SWR-3-Team war am Platz an der Linde und hat jede Menge von den Knuffis verteilt, da war vielleicht ein Betrieb. Aber auch richtig Stimmung, trotz Kälte und Regenwetter, ich habe schon lange, so einen Elch haben wollen. Der kommt jetzt hinten in mein Auto und soll ein Glücksbringer sein."
Jetzt dämmerte es auch Doro, „stimmt ich habe im Radio davon gehört, die sind in ganz Rheinland-Pfalz und in Baden-Württemberg herum am Fahren und am Verteilen."

„Genau, schau, so sieht er aus, richtig niedlich, zuerst wollte ich ihn eigentlich Oma Weber schenken, weil ich die lange nicht besucht habe und die sich bestimmt über ein neues Tier freuen würde, aber es tut mit leid, den kann keiner haben, außer mir."

Liebevoll rieb Viola das Stofftier an ihrer Backe.

„Oma Weber hat doch gar keinen Bezug dazu, die würde sich sicher mal wieder über deinen Besuch freuen, aber so ein Plüschtier, ich weiß nicht ... mit ein paar Blumen machst du ihr mehr Freude."

„Kauft sie immer noch jedes Wochenende ihren Nelkenstrauß?"

Frau Weber war eine ältere Dame, die in entfernter Nachbarschaft wohnte und die früher schon, als ihr Mann noch lebte, sich jedes Wochenende ans Blumengeschäft vorfahren ließ, sich lange und breit alle frischen Schnittblumen vorführen ließ und sich jedes Mal wieder für Nelken entschied. Über Doro hatte sie auch Viola kennengelernt und oft zu sich eingeladen. Sie hatte keine eigenen Kinder und sah in den beiden sicher so etwas wie Kind- und Enkelersatz.

Nachdem ihr Mann verstorben war, blieb ihr nichts anderes übrig, als den Weg zum Blumenladen zu Fuß zu machen. Das wurde im Laufe der Jahre immer seltener und stattdessen durch telefonische Bestellungen abgelöst. Doro fuhr dann nach Feierabend bei Frau Weber vorbei und brachte das Bestellte – natürlich fast immer einen Nelkenstrauß.

„Die halten einfach am längsten, ich weiß gar nicht, warum die meisten Menschen immer nur auf Rosen stehen, die sind doch undankbarer."

Und stets fragte sie nach Viola oder ließ Grüße übermitteln.

„Lass dich mal wieder bei ihr sehen, du weißt doch, wie sehr sie an dir hängt."

„Ja, das muss ich unbedingt tun, aber wen Oma Weber in den Händen hat, den lässt sie so schnell nicht gehen."

„Es ist halt eine alte Frau und sie ist schon so lange alleine, ist schon scheiße, wenn man alt wird und keinen mehr um sich herum hat."

„Ja, Mama, aber was macht eigentlich mein lieber Bruder Alexander, von dem habe ich auch schon seit einer Ewigkeit nichts gehört."

„Ich dachte wir machen an Ostern großes Familientreffen mit leckerem Menü als Mittagessen."

„Wenn er dann rechtzeitig aus dem Bett kommt, könnte es ganz nett werden."

Alexander war ihr Sorgenkind gewesen, zweieinhalb Jahre jünger als seine Schwester, hatte er immer in ihrem Schatten gestanden. Viola fand immer und bei allen Leuten Beachtung, erntete jedes Mal Kommentare mit süß und niedlich, obwohl sie es hasste.

Alex stand immer nur daneben, über ihn wurde selten ein Wort verloren, er war halt nur der kleine Bruder. Auch später in der Schule machte er Doro große Sorgen, er war zwar intelligent, aber faul und machte immer nur das Nötigste. Mit Ach und Krach schaffte er seinen Realschulabschluss und machte eine Ausbildung zum Einzelhandelskaufmann. Er schien furchtbar neidisch auf seine Schwester zu sein, Doro und Bert redeten jahrelang auf ihn ein, dass alles an ihm läge und dass er nur ein bisschen mehr lernen bräuchte. All den Mist, den weder Alexander, noch Doro hören und sagen wollten. Bis Alex schließlich in die Immobilienbranche hineinrutschte und nun seit einigen Jahren erfolgreich Häuser und Wohnungen vermittelte.

Er konnte meist lange schlafen, musste aber abends noch spät unterwegs zu Kunden sein.

Auch er hatte inzwischen eine eigene Wohnung, wechselnde Freundinnen und ließ sich recht selten zu Hause blicken. Doro musste sich damit abfinden, wichtiger war ihr, dass ihre Küken gut geraten waren und ihren Platz im Leben gefunden hatten.

Donnerstag, der 10.4.

Ostern war gekommen und vergangen, das Wetter war beschissen, der Winter war mit Schnee, Regen und Sturm zurückgekehrt. Die üblichen Spaziergänge mit Kelly waren nass und selbst Kelly schien keine rechte Freude daran zu haben. Doros Ostermenü wurde ein voller Erfolg, von mittags bis in den späten Abend saß sie mir ihrer kleinen Familie zusammen. Nach dem Essen wurde erzählt und auch Peinlichkeiten von früher wurden endlich nur noch belacht. Mit einem Ohr hörte Doro auf das Telefon und war sehr erleichtert, dass alles ruhig blieb.

Auch montags wäre Kathis Besuch nicht gerade passend gewesen, Bert zog sich vor den Fernseher zu seinen geliebten Sportsendungen zurück und meinte, er hätte während der letzten Tage genügend Unterhaltung gehabt und er bräuchte jetzt seine Ruhe. Nach Doros Meinung hätte ihm selbst ein wenig Sport besser getan, als nur träge auf dem Sofa zu liegen und den anderen zuzusehen, die sich abrackern mussten.

Dreißig Ehejahre hatten sie gelehrt, dass jeder Kommentar sinnlos wäre, so schnappte sie sich Kellys Leine und lief im Schneegestöber eine große Runde mit dem Hund.

Sicher war ihr Überfall auf Kathi zu früh gewesen, wie konnte sie auch nur auf die Idee kommen, dass sie andere Frau unbedingt mit ihr reden sollte, am besten zog sie einen Schlussstrich und vergaß die ganze Geschichte. Warum war sie auch immer nur der Meinung anderen helfen zu müssen und warum nur fiel es ihr so schwer mit ihren Gedanken davon loszukommen.

Die Wochen nach Ostern wurden erwartungsgemäß ruhig, sie kamen mit den Waren hin, die sie angeliefert bekamen, sodass Doro erst nach dreiwöchiger Pause wieder nach Köln zum Einkaufen fahren musste. Es stand eine größere Beerdigung an und Doro musste ihren Kopf zusammenhalten, um nichts zu vergessen. Sie hatte noch einmal umkehren müssen, um noch einen Karton mit Trauerkarten zu erstehen, einen Wunsch, den Frau Krause ihr noch schnell hinterher gerufen hatte. So war sie in Gedanken noch einmal ihre Bestellung am Durchgehen, als sie zum zweiten Frühstück die Cafeteria betrat. Nein, heute wäre es sogar ihr erstes Frühstück, denn sie hatte verschlafen und war zuhause nur dazu gekommen ihren Hund zu versorgen – eine Runde, damit Kelly Gelegenheit hatte ihr Morgengeschäft zu verrichten.

Fritz starrte sie entgeistert grinsend an, sodass Doro

sich irgendwie fehl am Platz vorzukommen schien. Sie sah an sich herab.

„Oh scheiße, ich habe vergessen mich umzuziehen, das sind meine Arbeits- und Hundeklamotten."

Irgendjemand hatte einmal gesagt, Doros Jeans wäre das Versuchsfeld einer tollwütig gewordenen Nähmaschine. Zuerst war sie beleidigt gewesen, schließlich hatte ihr gesunder Menschenverstand gesiegt, warum sollte sie eine Hose wegwerfen, die noch in irgendeiner Weise zu reparieren war?

Schließlich war es zu ihrem eigenen Stil geworden und so lagen verschiedene Lagen Flicken um ihre Knie und Oberschenkel und auch am Po hatte sie schon Flicken aufgenäht. Doro legte weder Wert auf Kleidung und Kosmetik, aber zumindest, wenn sie weg fuhr, zog sie sich eine heile Hose an und gab sich beim Hinausgehen am Spiegel ein okay.

„Willst du mit unseren Stadtstreichern Konkurrenz machen?"

„Könnte sein, dass deren Hosen besser sind als meine. Komm Fritz, gib mir mein übliches Frühstück, das kann heute auch etwas größer ausfallen, ich habe heute morgen verschlafen, bin ohne etwas zu essen aus dem Haus, und jetzt knurrt mein Bauch. Den ganzen Morgen renne ich schon der verlorenen Zeit hinterher."

Doro frühstückte zügig und in Gedanken, sie überlegte, ob sie auch wirklich alles eingekauft hatte, denn noch wäre die Gelegenheit das Vergessene nachzuholen.

Kathi lief an ihr vorbei und grüßte, bekam aber keine Antwort.

„Na, denn nicht" ,dachte sie.

Als Doro das Lokal verlassen hatte, ging Kathi zu Fritz:

„Habe ich sie jetzt beleidigt?"

„Wen?" „Na, Doro natürlich."

„Ich glaube sie war einfach nur in Gedanken, das hat sie schon mal, aber warum solltest du Doro beleidigen?"

„Weil sie mich zu Ostern eingeladen hatte und ich mich noch nicht einmal gemeldet habe. Sie hatte es so nett gemeint und ich hatte auch vor, sie wenigstens anzurufen, aber Gabriele meinte, dann würde bestimmt nur über das Feuer und meinen verschwundenen Mann geredet und es sei besser für mich, wenn ich einen Schlussstrich unter die ganze Geschichte ziehen und mein eigenes Leben leben würde."

„Es hat noch nie gut getan, alles in sich hineinzufressen, du musst die Sache erst einmal richtig verarbeiten, bevor du einen Schlussstrich darunter ziehen kannst und da bist du noch weit von entfernt. Deine Gabriele liegt da ziemlich falsch."

„Mag sein, aber sie hilft mir so viel, ohne sie wäre ich total aufgeschmissen, das weißt du auch, schließlich ist sie es, die jeden Morgen meinen Jungen versorgt und zur Schule bringt."

„Das sagt ja auch keiner, natürlich weiß ich, wie sehr sie dir hilft, aber deswegen wirst du doch noch mit jemand anderem sprechen dürfen."

„Klar doch, aber Tatsache ist, das ich Doro erst ein paar mal gesehen habe, ich kenne sie kaum. Was hätte ich groß mit ihr sprechen sollen, alles nur weil ihre Tochter beinahe die Lehrerin meines Sohnes geworden wäre."

„Zum Beispiel das und dann vielleicht auch, weil Doro den Brand auch selbst gesehen hat, aus großer Entfernung zwar, aber trotzdem. Dafür kenne ich sie lange genug und ihre Kinder, als die beiden noch klein waren, hat sie sie in den Ferien öfter mitgebracht. Entweder sind sie dann mit ihrer Mutter einkaufen gegangen oder wenn ihnen zu langweilig wurde, haben sie sich dort hinten in die Ecke gesetzt und gemalt.

Doro musste auch immer sehen, wie sie Beruf und Kinder unter einen Hut bekam, glaube mir, die hat es auch nicht leicht gehabt."

„Mein Gott, du nimmst sie ja total in Schutz, so kenne ich dich gar nicht. Aber wie war das, sie hat den Brand damals gesehen?"

„Ja, sie geht wohl immer mit ihrem Hund spazieren und da muss sie es aus der Entfernung gesehen haben."

„Ich wusste ja nicht wo sie wohnt und habe ihre Visitenkarte gar nicht richtig beachtet, aber jetzt würde ich sie vielleicht doch ganz gerne besuchen, ich habe zwar nur etwas mehr als drei Monate dort gewohnt, aber in der kurzen Zeit ist mir die Gegend ans Herz gewachsen."

Gleich nachmittags kramte Kathi das kleine Visitenkärtchen hervor und rief Doro an.

Doro freute sich, unterhielt sich eine Weile mit Kathi und lud sie für den nächsten Samstag zum Kaffeetrinken ein. Viola würde auch, zumindest kurz, dazukommen und Bert wäre beim Fußballschauen.

Samstag, der 12. 4.

Doro hatte schon alles vorbereitet, Tisch gedeckt und einen leckeren Kirschstreuselkuchen gebacken und füllte gerade die Kaffeemaschine, als sie ein Auto vorfahren hörte. Vorsichtig sah sie aus dem Küchenfenster zur Straße, dort parkte ein schnittiger BMW neueren Baujahres.
„Kathi?",überlegte sie, als aus dem Wagen Kathi und ein kleiner Junge auf der Beifahrerseite ausstiegen.
Doro ging zur Tür zum Öffnen, jedes Klingeln veranlasste Kelly zu wildem Bellen und das wollte sie gerne vermeiden. Trotzdem war der Hund schon an ihr vorbei, sobald sie die Haustüre einen Spalt öffnete, schnell ging sie hinterher und hielt Kelly an ihrem Halsband fest.
„Keine Angst, die tut gar nichts , sie freut sich nur und muss erst mal jeden beschnuppern ... Schön, dass sie den Weg gefunden haben."
„Kein Problem, wir haben doch ein Navi."
Jetzt erst wurde Doro auf die Fahrerin aufmerksam.
„Au Scheiße", dachte sie, „die sieht ja aus wie ein Kunstwerk. Schick, wirklich sehr schick, aber unpassend für unser kleines Dorf .... Hoffentlich habe ich die Gute jetzt nicht angestarrt."
Kathi rettete die Situation, indem sie das Kunstwerk als Gabriele Wegner, ihre beste Freundin, vorstellte und ihren Sohn, Mattias, der mittlerweile heftig von Kelly umwedelt wurde.
„Kommen sie doch bitte herein, es ist heute recht windig und frisch draußen."

Doro ging rasch vor, um die Kaffeemaschine anschalten zu können und ihre Gäste kamen angeführt von Kelly langsam hinterher.

„Sie haben es hier aber sehr gemütlich und so schön ruhig, ganz anders als bei uns in der Stadt, nicht wahr, Kathi?"

Doro sah sich Kathis Begleitung genauer an, sie war wirklich sehr elegant und trug ein hellgraues Kostüm mit schmalem Rock, der kurz über den Knien endete, darunter blitzte ein Shirt mit Rosenmuster hervor, das ihre schlanke, große Figur perfekt betonte. Sie hatte ihre dunklen Haare streng aus den Gesicht gekämmt und zu einem Knoten gebunden. Ihr Make-up war zwar dezent, doch hier steckte sicher jahrelange Routine dahinter, um das ganze so wirken zu lassen.

Die Frauen zogen ihre Jacken aus und Doro nahm sie ihnen ab, um sie an ihrer Garderobe aufzuhängen.

„Ich hoffe es macht ihnen keine Umstände, dass ich Kathi begleitet habe, sie wäre ja auch mit dem Zug gefahren, aber das wäre recht umständlich gewesen."

„Ja, das stimmt, da hätte ich sie schon vom Bahnhof abholen müssen, das wäre kein Problem gewesen, wenn ich es gewusst hätte. Aber es macht mir gar nicht aus, dass sie mitgekommen sind, ganz im Gegenteil ... bitte nehmen sie einfach Platz."

Keiner setzte sich an den Tisch, Gabriele stand am Wohnzimmerfenster und schaute in den Garten und Kathi zog Mattias, der auf dem Teppich saß und mit Kelly spielen wollte, seine warme Jacke aus.

„Sie haben einen Kaminofen", stellte Kathi fest, „daher ist es so gemütlich warm bei ihnen."

Sie hing Mattias Jacke über einen Stuhl, trat vor den

Ofen und rieb sich ihre Hände.

„So einen hatten wir in unserem Haus auch gehabt und zu dem Grundstück gehörte ein richtiger kleiner Wald, da hätte mein Mann genügend Holz schlagen können, wir hatten uns alles so schön vorgestellt. Es wäre uns so viel lieber gewesen, Mattias auf dem Land aufwachsen zu sehen, die Stadt erscheint mir nicht das richtige für ihn, zu allem Übel kommt er auch mit seiner Klassenlehrerin nicht besonders zurecht – sie ist ein alter Knochen – sagt er immer.

Wollte ihre Tochter auch kommen, oder habe ich sie am Telefon falsch verstanden?"

„Viola wird auch noch kommen, das kann aber noch etwas dauern."

Doro ging den Kaffee in der Küche holen und bat ihre Gäste noch einmal Platz zu nehmen und sich zu bedienen. Sie hatten gerade mit essen angefangen, als Kelly plötzlich wild mit dem Schwanz wedelnd zur Haustüre lief und Viola hereinkam.

„Schön, dass du so früh kommen konntest, hole dir etwas zu trinken und setze dich zu uns", bat Doro ihre Tochter und stellte die Damen einander vor.

„Du bist also der Mattias", fragte Viola den kleinen Mann der still vor seinem Stück Kuchen saß und mit Gabel und Streuseln kämpfte, „nimm doch dein Stück Kuchen einfach in die Hand, so geht das doch viel besser."

Dankbar grinsend befolgte der kleine Kerl ihren Rat.

„Mama sagt immer, ich müsse mich benehmen und mit Messer und Gabel essen."

„Ja sicher, das tust du doch auch, aber es gibt auch schon einmal Ausnahmen."

„Darf ich gleich wieder mit der Kelly spielen, Mama? Die ist so schön weich und kuschelig, so einen Hund hätte ich auch gerne."

„Du weißt, dass wir in der Stadt keinen Hund halten können, aber du kannst jetzt mit ihr spielen."

Gabriele beugte sich zu Viola und meinte: „Sie haben einen sehr interessanten Namen, Viola habe ich noch nie gehört, wie sind sie dazu gekommen."

„Da müssten sie besser meine Mutter fragen, die hat einen Blumentick und muss alles mit botanischen Namen versehen. An meinen Namen habe ich mich inzwischen gewöhnt, danach bin ich schon oft gefragt worden, aber als mein Bruder geboren wurde und meine Mutter über einen Namen für ihn nachdachte, muss mein Vater ausgerastet sein, hat mit der Faust auf den Tisch geschlagen und gesagt: ' Mein Sohn wird Alexander heißen, dem gibst du keinen Blumennamen, wie hört sich denn das an'!"

Höflich lachte Gabriele über die alte Familiengeschichte.

„An welche Blume hat ihre Mutter nun bei ihnen gedacht?"

„An ein Veilchen", erklärte Doro „Viola steht für Veilchen."

„Wie passend bei ihren blauen Augen",meinte Kathi, „Mattias, wenn du fertig gegessen hast, kannst du gerne aufstehen und zu Kelly gehen."

„Ja Mama, können wir nicht etwas nach draußen gehen? Ich würde so gerne sehen wie schnell sie rennen kann."

„Ich weiß nicht ...", fragend sah sich Kathi um, „ich würde gerne, Fritz hat mir erzählt, dass sie gesehen hatten, wie unser Haus brannte ..."

„Das willst du doch nicht wirklich sehen, Kathi, ich bitte dich, lass die Erinnerung, begrab sie am besten, du tust dir nur weh damit."

Gabriele war sehr fürsorglich mit ihrer Freundin.

„Außerdem glaube ich, dass ich dazu nicht die richtige Kleidung gewählt habe."

Für einen Moment herrschte Schweigen, die Situation war etwas verlegen.

„Es ist heute recht frisch," meinte Doro „und auf der Höhe, von wo man die richtige Sicht hat, weht der Wind noch heftiger, sie könnten zwar gerne eine warme Jacke von mir haben, aber ich glaube nicht, dass sie Schuhe von mir anziehen könnten, denn mit denen, die sie anhaben, sind unsere Feldwege eine Tortur."

Gabriele erschien ihr allerdings nicht die Person, die gerne in irgendeiner Art spazieren ging, außer zum Shoppen. Innerlich fluchte sie über Kathis Entschluss sich von ihrer Freundin fahren zu lassen, hätte sie doch nur erwähnt, dass sie kein Auto hatte. Sie hätte sie gerne vom Bahnhof abgeholt, oder man hätte auch eine andere Lösung finden können. Es gibt immer eine Lösung, jedoch alles in sich vergraben ist keine.

Auch Viola schien sich unwohl zu fühlen, jedenfalls stand sie vom Tisch auf, um nach dem Feuer zu sehen, sie legte ein dickes Stück Holz nach. Sofort stand Mattias bei ihr und sah neugierig zu.

„Wenn wir es warm haben wollen, müssen wir auch aufpassen, dass das Feuer nicht ausgeht."

Viola sorgte dafür das Luft an das Holz kam und Mattias wollte alles genau erklärt bekommen.

„Wofür ist das denn hier?" Viola erklärte ihm in einfachen Worten, wie der Ofen funktionierte.

„Ihre Tochter kann wirklich gut mit Kindern umgehen",
sagte Kathi, „und Mattias ist so wissbegierig, er kann
einem richtige Löcher in den Bauch fragen, ich antworte
ihm so gut ich kann, aber manchmal fehlt mir doch
die Geduld. Ich kann ihm den Vater nicht ersetzen, mit
seiner Lehrerin kommt er auch nicht sonderlich zurecht
und einen besten Freund hat er auch nicht. Alle sind
nett zu ihm, wahrscheinlich aber weil sie ihn bedauern,
er ist wirklich ein unglücklicher kleiner Kerl. Doch die
Sache ist nun einmal, wie sie ist, so leid es mir tut, wir
hatten keine andere Wahl, als wieder in die Stadt zu
ziehen. Gabriele hilft uns wo sie nur kann, sonst wüsste
ich gar nicht, wie es weiter gehen sollte."

„Ist doch selbstverständlich",antwortete diese, „ ich
würde dir auch noch mehr helfen, wenn du mich nur
lassen würdest. Zum Glück kann ich mir meine Arbeits-
zeiten selbst einteilen und verdiene auch noch recht
gut dabei."

Auf Doros Frage kam heraus, dass das weibliche
Kunstwerk Vertreterin für medizinische Hilfsmittel war,
ihr Job brachte sie durch halb Europa, aber zum Glück
könne sie auch viel von zu Hause aus mit ihrem PC
regeln. Außerdem könne sie es so einrichten, dass sie
morgens Mattias für die Schule versorgen würde, damit
Kathi in Ruhe in ihrer Cafeteria arbeiten könne.

Während sich bei den Frauen nun doch langsam ein
Gespräch entwickelte, kam Viola mit der Idee, Mattias
auf eine Hunderunde mitzunehmen.

„Dann kommt er wenigstens ein bisschen an die frische
Luft und kann sehen wie schnell Kelly flitzen kann,
wenn sie will. Zum Glück ist der junge Mann hier auch

für schlechtes Wetter gerüstet, nach dem Motto: Es gibt kein schlechtes Wetter, es gibt nur unpassende Kleidung."

Doro warf einen schnellen Blick zu Gabriele, falls sie sich getroffen fühlen sollte von Violas kleinem Seitenhieb, so ließ sie sich kein bisschen davon anmerken.

Kathi war einverstanden, und so zogen die beiden mit dem Hund davon, der sobald er etwas von Gassi gehen verstanden hatte, schon so aufgeregt herumsprang, dass er gar nicht mehr zu beruhigen gewesen wäre.

Doro nahm den Faden von vorher wieder auf.

„Wohnen sie denn jetzt zusammen?"

 Sie merkte in dem Moment, als sie die Worte ausgesprochen hatte, das die Frage auch peinlich wirken konnte. Aber Kathi zuckte mit keiner Wimper.

„Nicht ganz, unsere Wohnungen liegen direkt nebeneinander auf einer Etage, direkt unter dem Dach, stellen sie sich vor, es ist die Wohnung in der wir schon vorher gewohnt haben, bevor wir in die Waldstraße gezogen sind. Ich hätte mir nie träumen lassen, dass die noch leerstand und ich wieder einziehen konnte."

„Die selbe Wohnung, in der sie vorher mit ihrem Mann und Mattias gewohnt hatten, das stelle ich mir schwierig vor, hängen da nicht zu viele Erinnerungen dran?"

„Natürlich, das stimmt, aber es ist so am einfachsten. Wie gesagt, wir haben eine Art Arbeitsteilung, Gabriele hilft mir morgens mit Mattias, dafür übernehme ich das Kochen, ich komme in der Stadt ohne Auto aus und die Miete ist bezahlbar."

„Falls ich einmal nicht frei machen kann, haben wir immer noch unsere Frau Weidenbach, die für mich einspringt, wenn ich Mattias nicht versorgen kann. Ich schaffe es nicht immer abends oder nachts von meinen Terminen rechtzeitig zurückzukommen. Letztens war ich noch in der Schweiz und das Geschäftsessen zog sich bis tief in die Nacht."

Gabriele ließ keinen Zweifel an der Wichtigkeit ihrer Tätigkeit.

„So sehr es mir auch für meinen Sohn leid tut, dass er nun wieder in der Stadt leben muss, ich stand ja plötzlich vor den Nichts und war unheimlich erleichtert, als Gabriele mir erzählte, dass meine alte Wohnung noch frei sei. Wie hätte ich ohne ihre Hilfe weiterleben können?"

„Du hättest sicher eine andere Lösung finden können, vielleicht in dem Hotel in dem du vorher gearbeitet hattest."

„Da hätte ich zwar wieder arbeiten können, ich hätte auch ein Zimmer haben können, doch was wäre mit Mattias gewesen. Mehr als ein kleines Zimmer mit Bad hätte ich nicht bekommen können und die Hauptarbeitszeit in der Gastronomie ist nun einmal abends. Dort hätte sich keiner um den Jungen kümmern können. Bei Fritz habe ich ab mittags frei, und danach Zeit für meinen Sohn und kann etwas leckeres für uns drei kochen."

„Kennen sie Fritz eigentlich schon länger, oder erst seit dem sie für ihn arbeiten."

„Man kennt sich untereinander in der Branche, auch wenn Fritz nur eine einfache Cafeteria hat, so gilt er doch als alter Hase und ist allgemein recht beliebt und ich habe meinen Beruf von der Picke auf gelernt, außerdem war mein Mann auch vom Fach, manchmal ist es wie eine große Clique."

„Stimmt, das ist bei uns Gärtnern genauso, es ist eine gewisse Konkurrenz vorhanden, trotzdem hilft man sich gegenseitig, wenn es nötig ist."

Doro war zufrieden, sie führte Gespräche am liebsten unter vier Augen, so konnte sie wirklich etwas über andere erfahren, bei größeren Gruppen fiel man sich so oft gegenseitig ins Wort und oft hatte sie das Gefühl, dass keiner wirklich zuhörte. Sie interessierte sich dafür wie ihre Bekannten leben, was sie dachten, wie sie handelten, gerne würde sie auch helfen, wenn sie konnte. Oft hatte sie allerdings schon die Erfahrung gemacht, dass die Leute zwar klagten, tatsächlich aber gar nicht geholfen bekommen wollten und im Grunde genommen auch gar nichts ändern wollten. Auch Kathi schien mit ihrer Situation soweit zufrieden, es klang alles ganz plausibel, was hätte sie auch anders machen können?

Einzig die Hintergründe des Ganzen lagen für Doro noch im Dunkeln, eigentlich wusste sie immer noch nicht genau, was sich genau abgespielt hatte. Wer wurde verdächtigt das Feuer gelegt zu haben, war es überhaupt Brandstiftung? Wo war Kathis Mann, war er immer noch verschwunden, oder hatte man irgendeine Spur von ihm gefunden, im schlimmsten Fall gar seine Leiche? Was war mit den verschwundenen Waffen? Doro hatte noch so viele Fragen im Kopf, aber sie wusste, dass heute nicht die richtige Zeit war, sie zu stellen. Sie hatte das Gefühl, das beide Frauen abblocken würden, sobald sie jetzt noch mehr hätte wissen wollen. Doch trotz ihrer spontanen Abneigung Gabriele gegenüber musste sie gestehen, dass sie ihre Sympathie gewonnen hatte, sie war hilfsbereit und allein das zählte.

„Sie sind die erste Gärtnerin, die ich bisher kennengelernt habe, ist ihnen der Beruf nicht zu anstrengend?", wollte Gabriele wissen

„Sicher, manchmal schon, vieles ist aber eine Sache der Gewohnheit und Übung, außerdem gehe ich nur halbtags arbeiten, vorwiegend vormittags, natürlich muss man auch Spaß daran haben. Es ist mein Traumjob, ich könnte mir gar nicht vorstellen etwas anderes zu arbeiten."

Gabriele schien noch mehr wissen zu wollen, aber inzwischen war Viola mit Mattias und Kelly wieder zurückgekommen.

Mattias war am Strahlen: „Kelly kann rennen wie der Blitz, die hättest du sehen müssen, Mama, die ist sooo schnell."

Viola gab Mattias ein paar Hundeplätzchen in die Hand „Du darfst ihr ihre Belohnung geben, das hatte ich dir doch unterwegs versprochen, schau Kelly wartet schon."

Aufmerksam wartend saß der Hund vor Viola und Mattias und hob eine Pfote.

„Wenn du sie gefüttert hast, kannst du dich verabschieden, wir müssen langsam wieder nach Hause, es tut mir leid, herzlichen Dank für den leckeren Kuchen, aber wir müssen wirklich langsam wieder aufbrechen."

Während Kathi noch sprach, stand sie schon auf und streckte sich.

„Kathi hat recht, es war sehr gemütlich bei ihnen, herzlichen Dank, dass ich sie überfallen durfte, hat mich sehr gefreut."

„Sie können gerne wiederkommen, auch ich habe zu danken für die nette Unterhaltung."
Doro und Viola begleiteten die drei zur Türe, halfen in die Jacken und schauten noch dem Auto hinterher, das langsam wieder zurückfuhr.
Viola half ihrer Mutter den Kaffeetisch abzuräumen und erzählte von Mattias, der Junge sei gut erzogen und richtig wissbegierig, von seiner Sorte hätte ich gerne ein paar mehr in meiner Klasse, meinte sie noch.
„Aber als ich ins Wohnzimmer kam und diese Gabriele gesehen hatte, meinte ich schon, ich sei im falschen Film, sie wirkte so unpassend in unserem Häuschen. Doch anscheinend hat mich mein erster Eindruck getäuscht, du hast dich ja anscheinend ganz gut mit ihr unterhalten können, dann kann sie nicht so schicki-micki gewesen sein, wie sie ausgesehen hat."
„Doch tatsächlich, eigentlich war sie ganz in Ordnung, ich hatte sie im ersten Moment auch falsch eingeschätzt. Eigentlich war der Nachmittag ganz nett geworden."

Mittwoch, der 16. 4. 2008

Endlich war es Frühling geworden, die Luft war mild und die Vögel sangen überall, die Kirschbäume standen in Blüte und Doro war glücklich. Jetzt auch noch hier, inmitten all der schönen Natur mit ihren geliebten Blumen, arbeiten zu können fand sie toll, das machte einen Teil der Faszination ihres Berufes aus, dachte sie. Plötzlich waren die Menschen gut gelaunt, alles war beschwingt und machte Spaß, der Winter war vergessen.

„Frau Weber hat angerufen und gefragt, ob sie ihr auf dem Heimweg Blumen mitbringen könnten." Frau Krause kam zu Doro, die gerade einem Kunden Bodendecker und einen kleinen Bambus verkauft hatte.

„Selbstverständlich, lassen sie mich raten, welche sie sich ausgesucht hat... Nelken?"

„Sie überlässt die Wahl ihnen, sie hat einfach nur angerufen und meinte sie würden schon das Richtige mitbringen. Sie kennen ja ihren Geschmack."

„Genau deswegen, werde ich gar kein Risiko eingehen und irgendwelche Experimente machen, binden sie mir einfach einen Strauß Elegance-Nelken mit Schleierkraut und etwas Salal drum herum, das hält am längsten und die Frau ist glücklich."

Schon wollte der nächste Kunde bedient werden, Doro war meistens für den Außenbereich zuständig, für alles, was nach draußen zu pflanzen war; während Frau Krause im Blumenladen Topf- und Schnittblumen versorgte. Herr Krause wiederum hielt sich vorwiegend auf dem gegenüberliegenden Friedhof mit der Grabpflege auf. Bei Bedarf konnte jedoch jeder dem anderen helfen. Oft half Doro beim Anschneiden der frisch angelieferten Schnittblumen, oder auch auf dem Friedhof bei der Neubepflanzung.

„Haben sie noch keine Geranien?" Wollte der Kunde wissen. „Nein, leider nicht, ab nächster Woche werden wir damit langsam anfangen, wir haben immer noch Nachtfrostgefahr und wenn ..."

Der Mann ließ Doro gar nicht ausreden „das Gartencenter hat aber schon Geranien, dann muss ich sie halt dort kaufen."

„Die haben aber auch ein Dach drüber und dadurch sind sie geschützt, wenn sie die jetzt rauspflanzen, können sie ihnen kaputtgehen, die Eisheiligen sind erst Mitte Mai, erst ab dem Zeitpunkt sollten keine Fröste mehr kommen."

„So ein Quatsch", meinte der Kunde und ging. Doro seufzte, es wurde immer schlimmer, ab Ostern wollten die Leute schon die Sommerblumen haben, viele die dann in die Baumärkte und Gartencenter kaufen gingen, kamen später ein zweites Mal zu ihnen neu kaufen. Da die Gärtnerei von Krauses keine Gewächshäuser und auch sonst kaum Möglichkeiten hatte die Pflanzen vor Nachtfrösten zu schützen, fingen sie mit dem Verkauf erst ab Ende April an.

Und selbst dann wurden die Kunden entsprechend beraten.

Der nächste Kunde ließ sich kleine Rhododendren und Azaleen für seinen geplanten japanischen Garten zeigen und so ging es den restlichen Vormittag weiter.

Gegen Mittag würde dann Herr Krause ihren Platz einnehmen und sie konnte sich um ihren Haushalt kümmern. So hatte es sich jetzt schon während der letzten dreißig Jahre eingespielt und bewährt.

Gegen Mittag fuhr sie mit den bestellten Blumen zu Frau Weber.

„Ich wusste doch, dass sie meinen Geschmack kennen. Die sind ja wunderschön, passend zum Frühling, ich weiß gar nicht, was die Leute immer gegen Nelken haben, die halten einfach am längsten. Jetzt müssen sie aber noch mit hineinkommen und meine anderen

Blumen bewundern. Begonien in allen Farben, schauen sie nur, wie schön."

Das war's schon wieder, Doro mochte Frau Weber wirklich sehr gerne, aber wenn man einmal da war, musste man auch hereinkommen und war man gut im Haus, kam man so schnell nicht wieder weg. Da musste man sich noch einiges anhören und zeigen lassen.

Frau Weber war schon so lange alleinstehend und bekam so selten Besuch, die nutzte daher jede Möglichkeit zum Gespräch. Doro hatte Verständnis dafür, aber manchmal war sie, wie auf heißen Kohlen, weil sie wusste, zu Hause wartet Kelly.

Früher ging Viola fast regelmäßig zu ihrer „Oma Weber", doch je älter sie wurde, umso seltener wurden diese Besuche.

Auch heute wurde Doro wieder durch das ganze Haus geführt und musste sich alles mögliche ansehen und bewundern. Vor allem die Neuerwerbung von Elatiorbegonien in verschiedenen Farben „Blumen sind schließlich mein einziges Hobby, da darf ich mein Geld für ausgeben. Andere rauchen und trinken."

„Und sie haben ihr wundervolles kleines Blumenhäuschen, fast wie eine kleine Gärtnerei." Doro machte der alten Frau mit dieser Bemerkung eine große Freude, nichts anderes hatte sie hören wollen, trotzdem dauerte es fast eine halbe Stunde ehe sie weiterfahren konnte.

Donnerstag, der 24. 4. 2008

Die Krauses waren nicht von ihrem altbewährten
Schlachtplan abgewichen: Vor Ende April wurde in keinem Fall mit dem Verkauf der Sommerpflanzen begonnen, erst heute hatte Doro den Auftrag eine kleine
Auswahl auf dem Blumengroßmarkt einzukaufen. Für
den Mai war schon weitere Ware bestellt, die jedoch
direkt zu ihnen geliefert würde.
Der Großmarkt schien förmlich aus den Nähten zu
platzen, das Angebot war riesig, selbst auf dem Parkplatz hätte sie schon einkaufen können. Es war alles so
reichlich vorhanden, dass sie aufpassen musste, nicht
zu viel mitzunehmen, schließlich war die Nachtfrostgefahr immer noch nicht gebannt und Krauses geschützte
Plätze waren begrenzt.
Geranien waren selbstverständlich, Margariten mussten sein, in verschiedenen Variationen, als Büsche und
Stämmchen, in weiß und in gelb, kleine blaue Gänse-
blümchen waren auch gefragt. Bei Fuchsien und Petu-
nien hielt sich Doro noch zurück, ebenso mit Knollen-
begonien und Topfdahlien, die waren ihr noch gar zu
gewagt, selbst kalte Zugluft im Plusbereich konnte hier
Frostschäden verursachen.
Bei Gazanien in verschiedenen Gelb- und Orangetönen
griff sie jedoch zu, passend dazu noch einige blaue
Lobelien und verschiedene Tagetes. Beim Kaufen stellte sie in Gedanken schon immer die Pflanzen zu verschiedenen Arrangements zusammen und freute sich
ihren Kunden entsprechende Empfehlungen machen
zu können.

Sie verstaute ihre Ware im Transporter und steuerte wie immer die Cafeteria zum zweiten Frühstück an, Kathi hatte sie sofort gesehen und winkte ihr zu, sogar ihre Zeichensprache verstand sie richtig und brachte ihr übliches belegtes Brötchen mit Kaffee.

„Guten Morgen und guten Appetit."

„Herzlichen Dank", antwortete Doro und sah Kathi aufmunternd an,

„Alles klar, bei ihnen?"

„Soweit schon, ... wie immer, ...ich muss mich bei ihnen nochmals entschuldigen, dass ich mich damals von meiner Freundin habe fahren lassen, ich hätte doch lieber alleine kommen sollen."

Sofort wollte Doro abwehren und beschwichtigen, aber Kathi fuhr ihr ins Wort.

„Sie hätte nicht dazu gehört und ich wäre auch gerne mit Kelly und Mattias spazieren gegangen, sie wären dann sicherlich auch mitgekommen."

„Ja, natürlich..."

„Und es hätte mir auch nichts ausgemacht, unser früheres Haus noch einmal zu sehen, oder das was davon übrig ist."

„Man kann aus dieser Entfernung kaum etwas erkennen."

„Und in einem Punkt haben sie ganz unbedingt recht, ich darf die Geschichte nicht in mich hineinfressen."

Doro war ganz überrascht, es schien ihr, als habe Kathi schon auf sie gewartet, um ihr diese Sätze vorzutragen und da sie ihren vierzehntägigen Rhythmus in den letzten Wochen recht gut eingehalten hatte, schien ihr das recht gut möglich.

„Vielleicht wollte ich unbewusst sogar lieber, dass Gabriele mitfuhr, weil ich mir so sicher sein konnte, nicht allzu sehr auf die Brandgeschichte angesprochen zu werden, sie schützt mich regelrecht davor. Sie meint es wirklich gut mit mir und als sie erfuhr, dass ich nun doch noch zu ihnen fahren würde, ließ sie sich nicht davon abbringen, mich zu chauffieren."

Endlich fiel Doro ein zu sagen: „Dann kommen sie halt ganz einfach noch einmal zu uns, sagen ihrer Freundin nichts davon und ich hole sie vom Bahnhof ab."

„Das würden sie wirklich für mich tun?"

„Nein, nicht nur für sie, selbstverständlich bringen sie Mattias auch mit."

Kathi strahlte sie an. „Selbstverständlich ... Mattias konnte tagelang immer nur von Kelly erzählen, wie sie durch die Felder gelaufen sei und von ihrer Tochter, er hörte gar nicht auf, von Tante Viola zu erzählen, die ihm so vieles erklärt hatte, er war so lebendig und glücklich, richtig verändert."

„Wenn sie wollen und können, kommen sie gleich am nächsten Sonntag."

Kathi war erleichtert, es war nicht nur Mattias Wunsch gewesen, Doro noch einmal zu besuchen. Seit ihrer ersten Begegnung, hatte sie sich von der älteren Frau angezogen gefühlt, sie strahlte etwas Beruhigendes aus und sie konnte zuhören. Sogar Viola hatte diese Ausstrahlung schon, obwohl sie wahrscheinlich jünger war als sie selbst. Kathi wusste, dass sie beiden Frauen ihre Geschichte würde erzählen können, anders als damals der Polizei und all ihren anderen Bekannten, von denen eigentlich nur noch Gabriele übriggeblieben war. Aber Gabriele war wieder ganz anders, sie erzählte selbst kaum etwas von sich selbst, von ihren Männerbekanntschaften, oder ihrer Familie und wollte auch nichts von ihren Sorgen hören, sie lebte nur für ihren Beruf, für ihre Karriere.

Sonntag, der 27. 4. 2008

Kathi hatte sich auf diesen Tag gefreut, wie sie sich schon lange nicht mehr auf irgendetwas gefreut hatte. Am liebsten hätte sie Mattias alles erzählt, dann hätten sie ihre Vorfreude teilen können, aber sie beherrschte sich. Über ihren Sohn hätte Gabriele von ihren Plänen Bescheid gewusst und wäre möglicherweise wieder auf die Idee gekommen sie zu begleiten. Sie wollte jedoch unbedingt alleine fahren.
Erst im Zug hatte Kathi ihrem Sohn das Ziel der Fahrt erklärt, der sich vor Freude kaum bändigen konnte, wie ein Vollgummiball hüpfte er auf dem Sitz ihr gegenüber herum, zum Glück hatten sie ein Zugabteil für sich alleine, sodass keiner Anstoß daran nehmen konnte.
Am Bahnhof waren sie von Doro und Viola abgeholt worden und schon im Auto machte sich bei Kathi das angenehme Gefühl von Geborgenheit breit. Glücklich drückte sie Mattias neben sich die Hand, die Ruhe schien sich auch auf ihn zu übertragen, er saß nur einfach da und schaute draußen auf die blühenden Obstbäume, an denen sie vorbeifuhren.
Mattias wollte sofort mit Kelly spazierengehen, auch Doro war damit einverstanden, da der Hund seine Mit-

tagsrunde laufen sollte. Fast entschuldigend meinte sie, mehr als die übliche Morgenrunde hätte sie heute noch nicht geschafft und sie sei noch recht kaputt vom Tag vorher.

„Gestern war viel Betrieb im Blumenladen, langsam geht der Sommerblumenverkauf los, daher gönne ich mir heute einen faulen Tag, aber deswegen darf der Hund nicht zu kurz kommen, der kann ja nichts dafür."

Heute hatte jeder an das richtige Outfit gedacht, bei Doro schien immer ein frischer Wind zu wehen, dankbar zog Kathi den Kragen ihrer Jacke über ihre Ohren, für ihren Sohn hatte sie sogar einen Schal eingepackt. Der Frühling war dieses Jahr immer noch sehr zurückhaltend, außer an ein paar einzelnen, sonnigen Tagen, hatten sie ihn noch nicht genießen können.

Als die kleine Gruppe die Höhe erreicht hatte und Doro mit dem Zeigefinger hinüber auf den Bereich der Waldstraße zeigte, beobachtete sie Kathi von der Seite, aber die junge Frau hielt sich erstaunlich ruhig. Mit traurigen Augen stand sie einfach still da und sah sich das Reich ihrer zerplatzten Träume an.

„Man kann die Ruine nicht erkennen", meinte sie einfach.

„Ich sagte ihnen doch, dass es zu weit weg ist, aber seit dem Tag des Brandes stehe ich oft hier oben und muss an sie denken. Anfangs kannte ich sie noch nicht, da dachte ich nur einfach über das Schicksal der Familie nach, die ihr Zuhause verloren hat. Aus dem wenigen, was in der Zeitung stand, konnte man nicht allzu viel anfangen, aber es hat meine Phantasie angeregt. Jetzt kenne ich sie und sehe, dass die Wahrheit noch trauriger als in meiner Vorstellung ist."

Langsam gingen sie weiter und Kathi begann zu erzählen: „Ich sagte ja schon, dass wir uns alles so perfekt vorgestellt hatten, mein Mann bekam eine interessante Stelle angeboten, für ihn ein Traumjob, so eine Chance, die man nur einmal im Leben bekommt.
Das bedeutete für uns raus aus Köln, ich habe nie haben wollen, dass Mattias in der Stadt aufwächst. Anfang letzten Jahres fanden wir unser Haus im Wald, ein paar Änderungen mussten wir machen lassen, die restlichen Renovierungen, wie auch Tapezieren wollten wir selber angehen.
Zum Mai kündigten wir unsere Stellen beim Ambassador, nahmen unseren Resturlaub und richteten ein Zimmer nach dem anderen ein. Es sollte so richtig gemütlich werden ... und das wurde es auch, Mitte Juli waren wir mit allem fertig, wir hatten einen offenen Kamin und wohnten herrlich ruhig.
Das Haus zur linken Seite diente nur als Ferienwohnung, war also selten bewohnt und auf der rechten Seite, wohnte ein älteres Ehepaar, mit denen wir uns schon etwas angefreundet hatten. Wir hatten uns schon nach einem Zweitwagen für mich umgesehen, den brauchte man in der Waldstraße, denn die Lage ist doch sehr abgelegen. Mattias war schon in der Schule angemeldet, wie sie ja wissen. Wir waren mit fast allem fertig und fühlten uns wie im siebten Himmel.
Jetzt noch eine Woche Urlaub auf Mallorca zum Abschluss, denn danach sollte der Alltag wieder losgehen und an Urlaub wäre die nächste Zeit nicht zu denken. Dieser verfluchte Urlaub, wären wir doch nie weggefahren ..."
Kathi versagte die Stimme, sie kramte nach einem Ta-

schentuch und putzte sich die Nase.

Doro und Viola blieben still und warteten darauf, dass Kathi fortfahren würde, Mattias lief mit Kelly durchs Gras und suchte Mäuselöcher mit ihr.

„Der Urlaub war wunderschön, das Wetter perfekt, fast schon zu heiß, die eine Woche ging rasend schnell vorbei, wir haben fast die ganze Zeit am Strand zugebracht. Es sollte ja auch ein richtiger Faulenzer-Urlaub werden. Abends gab's im Hotel immer ein tolles Buffet und ich ging jeden Abend mit Mattias vor zum Duschen. Dirk, mein Mann schwamm dann immer noch eine Runde, um später nachzukommen, jeden Abend, außer am letzten Abend, wir waren lange fertig und warteten, doch mein Mann kam nicht.

Ich dachte, er würde den letzten Abend noch einmal ausnutzen und besonders weit hinaus schwimmen wollen, schließlich war ich wütend auf ihn, er hätte mir wenigstens Bescheid sagen können.

Ich bin dann mit Mattias alleine zum Essen gegangen, aber Appetit hatte ich keinen. Als danach immer noch nichts von ihm zu sehen war, machte ich mir Sorgen, mit Mattias an der Hand gingen wir den Strand absuchen, ich sprach auch einige andere Gäste an, aber keiner hatte eine Spur von Dirk gesehen. Noch nicht einmal sein Handtuch lag im Sand, nichts zu sehen, alles weg.

Als ich nicht mehr weiter wusste, bin ich zur Rezeption, um mir dort helfen zu lassen, die waren zwar freundlich, meinten aber, er würde schon wiederkommen, bei so einer schönen Frau, wie ich es sei ... typisch Spanier. Sogar spät am Abend, Mattias hatte ich mittlerweile zum Schlafen gelegt, erzählten sie mir, dass mein

Mann sicherlich eine andere schöne Señorita getroffen habe, ich solle einfach schlafen gehen, wenn ich morgen früh wach würde, sei er sicherlich reumütig wieder da.

Als wenn ich hätte schlafen können. Die wollten nur keine Polizei rufen und keine Unruhe unter den Gästen haben. Als ich keine Ruhe gab, schickten sie mir einen Menschen, der dort wohl den Hoteldetektiv machen sollte. Der ließ sich ein Foto von meinem Mann zeigen und fragte nach seinen Gewohnheiten, erklärte mir aber, dass es keinen Sinn machen würde in der stockdunklen Nacht draußen auf dem Meer nach meinem Mann zu suchen.

In dieser Nacht habe ich kein Auge zugemacht, immer habe ich gedacht, jetzt geht die Tür auf und Dirk kommt mit irgendeiner Entschuldigung herein. Am nächsten Morgen erklärte man sich zur Suche bereit, es blieb der Hotelleitung nichts anderes übrig als die Polizei zu verständigen.

Es kamen zwei Männer, von denen einer sehr gut deutsch sprach, und nahmen ein Protokoll auf. Wieder musste ich Dirks Gewohnheiten schildern und jede Menge Fragen beantworten, aktuelle Fotos hatten wir genug geschossen und auch schon entwickeln lassen. Aber noch während der Befragung, kam schon die nächste Hiobsbotschaft, über Funk bekamen die Herren die Meldung, unser Haus in Deutschland sei abgebrannt und jetzt müsse ich mit auf die Wache kommen, um dort meine Aussage zu machen.

Was folgte waren die schlimmsten Stunden, die ich je ausgestanden habe. Unsere Nachbarin, die nette ältere Dame, behauptete steif und fest, sie habe meinen

Mann am frühen Sonntagmorgen mit unserem Auto ankommen sehen, unser Haus betreten und auch wieder verlassen sehen. Einige Zeit später habe sie dann das Feuer bemerkt und die Feuerwehr alarmiert.

Ich war wie vom Blitz getroffen, es konnte doch alles nicht sein und die Fragen hämmerten immer weiter auf mich ein, in Deutsch ebenso wie in Spanisch. Jetzt sollte mein Mann ein Brandstifter sein und Versicherungsbetrug begehen, während wir unseren Urlaub als Alibi vorschieben würden.

So ein Quatsch sagte ich, schließlich hätte ich selbst gestern Abend schon die Polizei benachrichtigen wollen. Und wir hätten unser Haus gerade erst frisch renoviert, dann lässt man es doch nicht hinterher abbrennen. Es half alles nichts, keiner wollte mir mehr glauben und am Schluss wusste ich selbst nicht mehr, was ich noch glauben sollte.

Auch Mattias war ganz verstört und nur noch am Weinen, der arme Kerl tat mir entsetzlich leid.

Die Befragung dauerte Stunden, es war unglaublich, was denen alles zum Fragen einfiel, am Schluss war ich fix und alle und habe nur noch mit dem Kopf geschüttelt.

Irgendwann kam jemand auch mal auf die Idee uns etwas zum Essen zu bringen, aber da war ich schon richtig apathisch und habe nur noch darin herumgestochert.

Plötzlich ging es richtig hektisch zu, mir rauchte der Kopf von der spanischen Schreierei um mich herum und ich verstand erst einmal gar nichts mehr. Irgendeiner zerrte mich am Arm und meinte „Vamos!"

Die haben sicher Dirk gefunden, jetzt klärt sich alles

auf, dachte ich und ging erleichtert mit.

Aber leider nein, man brachte uns nur ins Hotel, damit ich packen konnte, dann hat man uns zum Flughafen und in das Flugzeug gesetzt mit dem wir sowieso zurückfliegen wollten, natürlich zu dritt.

Am Köln–Bonner Flughafen angekommen, nahm uns sofort die Polizei in Empfang. Sie ließen sich von mir zeigen, wo unser Wagen stehen sollte, aber der war da wo er sein sollte: Auf dem Parkplatz Nord. Sofort ging die Fragerei wieder los: Ob ich genau wüsste, dass wir den Wagen genau auf diesem Platz geparkt hätten, als wir abgeflogen seien!

Wissen sie wie groß der Parkplatz Nord ist? Ich bin froh, dass ich das Auto überhaupt gefunden habe, bei meinem Orientierungssinn und nach den Stunden, die ich hinter mir hatte. Warum wir nicht im Parkhaus geparkt hätten? Da wären Überwachungskameras gewesen, aber der offene Parkplatz wurde nicht überwacht, das hätten wir doch sicher gewusst.

Ich sagte, ich habe gar nichts gewusst und habe einfach nur in einen schönen Urlaub fliegen wollen. Irgendwann ist mir der Kragen geplatzt und ich habe einen der Polizisten angebrüllt, er solle doch gefälligst meinen Mann suchen, dann könne er ihn selber fragen. Danach waren sie etwas netter zu mir und haben gefragt, wohin sie mich bringen könnten. Ich müsste mich zu weiteren Fragen bereithalten und das Auto würde zur Spurensicherung beschlagnahmt.

Wo sollte ich nun hin? Unser Haus war unbewohnbar, außerdem war dort auch die Spurensicherung zugange. Zur Nachbarin wollte ich nicht, zum einen, weil ich sie kaum kannte und zum anderen, weil sie behauptet

hatte, meinen Mann gesehen zu haben. Verwandt-
schaft habe ich keine wo ich hätte hingehen können,
ich war total deprimiert und unfähig einen klaren Gedanken zu fassen.

Die einzige Person, die mir einfiel und die mir helfen
könnte, das war Gabriele. Ich war noch nicht einmal in
der Lage, sie von meinem eigenen Handy aus anzurufen, so sehr war ich am Zittern. Eine Polizistin hat ihre
Nummer für mich angewählt und als das Freizeichen
zu hören war, dachte ich nur daran, was ich tun könnte,
wenn sie nicht zu Hause wäre, oder mir nicht helfen
könnte. Doch zum Glück war sie zu Hause und auch
sofort bereit mich und Mattias bei sich aufzunehmen.
Ich wurde nach Köln zu ihrer Wohnung gebracht und
dort hatte ich einen Nervenzusammenbruch, ich habe
den ganzen Abend nur geheult.

Gabriele hat die Tragödie von den Polizisten erläutert
bekommen, dazu wäre ich an diesem Abend nicht
mehr in der Lage gewesen. Nach allem, was ich durchgemacht hatte, war ich erstaunt, dass immer noch erst
Sonntagabend war. Meinen Mann hatte ich vor vierundzwanzig Stunden zum letzten Mal gesehen, als er
mir freudig erklärte, dass er seine übliche Schwimm-
runde drehen wolle und ich mich und Mattias schon
zum Abendessen fertigmachen solle.

Ich sehe ihn heute noch vor mir, wie er mir glücklich
zuwinkte und dann mit kräftigen Zügen aus der Bucht
herausschwamm.

Gabriele war unendlich geduldig mit mir, sie saß den
ganzen Abend an meinem Bett und hat beruhigend auf
mich eingeredet, mich gestreichelt und mich mit Un-
mengen von Papiertaschentüchern versorgt.

Mattias und ich schliefen zusammen in ihrem Gäste-
bett, es hätte zwar auch noch ein Sofa zum Schlafen
gegeben, aber es erschien mir richtig, Mattias dicht an
meiner Seite zu spüren ..."

Während Kathi erzählte waren die Frauen weitergegangen und hatten immer wieder ein Auge auf Mattias
und Kelly gehabt, doch die beiden kamen glänzend
miteinander zurecht. Mattias hatte mit ihr Verstecken
gespielt und Stöckchen geworfen und war mit ihr über
die Wiesen gelaufen, der kleine Kerl war ganz außer
Atem und hatte rote Backen.

Inzwischen waren sie wieder an ihrem Ausgangspunkt
angekommen und jeder freute sich auf ein warmes Ge-
tränk, Doro hatte auch wieder einen leckeren Kuchen
gebacken, jeder half mit und so war der Tisch schnell
gedeckt und sie konnten es sich schmecken lassen.

„Hast du jetzt gesehen, wie schnell die Kelly laufen
kann, Mama?"

„Ja, mein Schatz, das hab ich."

„Und gefunden hat sie mich auch immer ganz schnell,
das ist ein toller Hund, so einen hätte ich auch gerne..."

„Du weißt genau, dass wir in unserer Wohnung in der
Stadt keinen Hund haben können."

„Ja leider." Mattias schob sich sein letztes Stück Kuchen in den Mund und rutschte langsam vom Stuhl
herunter. „Darf ich zu Kelly gehen?"

„Ja mein Schatz, du darfst." Fragend sah Kathi auch
zu Doro, doch die nickte lächelnd.

Mattias kniete neben dem Hund auf dem Boden und
versuchte ihn mit einem Tennisball zum Spiel zu er-
muntern, doch der Hund gähnte nur und legte den Kopf
zwischen die Vorderpfoten.

Das Kind legte sich neben den Hund auf den Teppich und streichelte über das weiche Fell.

Es dauerte keine fünf Minuten, da ließen die gleichmäßigen Atemgeräusche darauf schließen, dass beide eingeschlafen waren.

„Was ich jetzt noch nicht verstehe, ist die Sache mit den Waffen. In der Zeitung stand doch, mehrere Waffen seien auch verschwunden." Doro sah fragend zu Kathi.

„Ja", sagte die, „das verstehe ich allerdings selbst immer noch nicht. Mein Mann hatte verschiedene Jagdwaffen von seinem Vater geerbt, mein Schwiegervater war ein leidenschaftlicher Jäger, das Hobby hat er auch seinem Sohn vermacht. Als er zu alt für die Jagd wurde, bekamen wir alle Waffen, sie wurden ordnungsgemäß auf meinen Mann übertragen, das heißt, er hatte einen Waffenschein für alle Waffen. Der Schrank hing schon in unserer Wohnung in Köln, als wir dort noch zusammen wohnten, allerdings nur im Schlafzimmer, da wir nirgendwo einen rechten Platz dafür hatten."

„Wie viele Waffen waren das eigentlich?" wollte Viola wissen.

„Insgesamt vier, drei Langwaffen, also Gewehre und eine Pistole, mitsamt Munition."

„Also ich hätte nicht gerne irgendwelche Waffen im Haus, war ihnen das nicht komisch."

„Was glauben sie, wie vorsichtig Dirk war, einmal hat er seinen Schlüsselbund verlegt und erst ein oder zwei Tage später wieder gefunden, da hat er sofort die Schlüssel für den Waffenschrank in einem Schließfach deponiert. Es wäre nicht auszudenken gewesen, wenn Mattias oder einer seiner Freunde, die Schlüssel in die

Hände bekommen hätte und dann irgendwelchen Unsinn mit den Waffen angestellt hätte. Glauben sie mir,
da war mein Mann sehr vorsichtig, alles war so, wie es
sein durfte, das hat die Polizei damals auch sofort un-
tersucht."
„Sind die Waffen denn gefunden worden?"
„Nein, kein Stück davon."
„Und der Schlüssel, was war damit?"
„Die Schlüssel, zu dem Waffenschrank gehören zwei
Schlüssel, da die Munition in einem gesonderten Fach
im Schrank und extra abzuschließen ist, alles Sicher-
heitsmaßnahmen.
Die Schlüssel waren da, wo sie sein sollten, nämlich im
Schließfach bei der Bank, wo sie nach dem Umzug
wieder deponiert wurden. Da war anscheinend kein
Mensch dran gewesen, und außer dem einen paar
Schlüssel gibt es keine weiteren."
„Und ihre Nachbarin in der Waldstraße hat an diesem
Sonntagmorgen ihren Mann wirklich gesehen?"
„Jedenfalls behauptet sie das. Sie sagte, sie hätte unser Auto vorbeifahren hören und weil sie wusste, dass
wir erst abends zurückkommen wollten, hätte sie genau
aufgepasst. Auf jeden Fall sei ein Mann ausgestiegen,
auf den genau die Beschreibung meines Mannes zu-
trifft und sei mehrmals zwischen Haus und Auto hin
und her gegangen und schließlich wieder weggefahren.
Etwa eine halbe Stunde später habe sie dann den
Rauch bemerkt und die Feuerwehr alarmiert."
Die Frauen waren ratlos und sahen sich an, bis Doro
schließlich wieder anfing: „So sind sie dann wieder
nach Köln gezogen, wie kamen sie denn an ihre alte
Wohnung dran, ich weiß doch von meinem Sohn, dass

günstige Wohnungen dort sehr gesucht sind."

„Wohnt ihr Sohn auch in Köln?"

„Nein, das nicht, mein Bruder wohnt in Bonn, aber er ist Immobilienmakler und kommt viel in der ganzen Gegend herum, der kennt sich überall aus."

„Wie es kam, weiß ich auch nicht genau, es ist mir eigentlich egal, auf jeden Fall stand unsere alte Wohnung immer noch leer und Gabriele hat sie für mich wieder angemietet. Ich sagte ihnen ja schon, dass sie so viel für mich getan hat, wozu ich damals auch gar nicht in der Lage zu gewesen wäre.

Eigentlich war ich unfähig zu allem, wenn man mich gelassen hätte, wäre ich wahrscheinlich nicht aus meinem Bett herausgekrochen. Aber Mattias musste zur Schule gehen, zum Glück bekam er in der Schule, in die auch die meisten seiner früheren Freunde gingen, einen Platz. Eigentlich fühlt er sich ganz wohl dort, nur seine Klassenlehrerin, die mag er nicht so besonders."

„Ja", meinte Viola, „er ist wieder in sein altes Umfeld hineingekommen, das war für ihn wahrscheinlich das beste."

„Gabriele hat mir beim Einrichten meiner neuen alten Wohnung geholfen, einige der Möbel konnten wir aus unserem Haus gebrauchen, doch das meiste war verbrannt, oder stank entsetzlich nach dem Rauch. Sie hat mir geholfen wo sie nur konnte und solange meine Wohnung noch nicht fertig war, durfte ich bei ihr wohnen, sie hat mir sozusagen wieder auf die Füße geholfen. Und zwischendurch immer wieder die Befragungen von der Polizei, danach musste sie mich immer wieder aufmuntern.

Es war unglaublich mit welchen Theorien ich immer

wieder bombardiert wurde, mir kam so vor, als sei ich mit einem Schwerverbrecher verheiratet gewesen. Irgendwann kamen sie mit finanziellen Ungereimtheiten bei unserer früheren Arbeitsstelle, in die mein Mann verwickelt sein sollte. Ich musste erklären, woher wir das Geld für unseren Hauskauf hatten, aber ich hatte mich früher nie um unsere finanziellen Dinge geküm- mert, das hat alles Dirk geregelt.

Ich kam mir plötzlich richtig blöde vor, aber mein Mann war schließlich über zehn Jahre älter als ich und hatte diese Dinge einfach in die Hand genommen, warum denn auch nicht? Ich war gerade Anfang zwanzig als wir heirateten und erst zweiundzwanzig als Mattias ge- boren wurde und ich hatte nie einen Grund an Dirk zu zweifeln."

„Oh", sagte Doro, „dann seit ihr beide ja gleich alt, ich hätte sie älter als Viola geschätzt."

„Ach Mama, das ist doch so egal, wenn ich soviel wie Kathi durchgemacht hätte, sähe ich auch älter aus. Aber wie war das mit dem Geld, was hatte man ihrem Mann vorgeworfen?"

„Wir arbeiteten beide im Ambassador, einem bekann- ten Hotel mit Restaurantbetrieb in Köln, das heißt, auch hier hatte mein Mann eine leitende Position und ich konnte nach der Geburt von Mattias nur bei Bedarf hel- fen, ich habe immer dann gekellnert, wenn viel zu tun war. Natürlich nur dann, wenn ich einen Babysitter für den Kleinen auftreiben konnte, manchmal setzte sich Frau Weidenbach zu ihm und manchmal konnte mir Gabriele aushelfen. Nur war meine Arbeitszeit meis- tens abends und manchmal bis spät in die Nacht, das war ungünstig. Frau Weidenbach ist abends öfter bei uns auf dem Sofa eingeschlafen.“

Kathi musste bei der Erinnerung unwillkürlich grinsen.

„Am besten war immer noch, wenn Dirk einen anderen Dienst als ich hatte und dann selbst auf seinen Sohn aufpassen konnte. Später als ich dann wieder nach Köln zurückgezogen bin, habe ich erst mal wieder beim Ambassador angefangen, aber jetzt war ich komplett auf einen Babysitter angewiesen, obwohl Mattias zwar kein Baby mehr war und sogar eher vernünftig für sein Alter, aber abends allein zu Haus bleiben, das ging nicht.“

„Das ist wohl auch kein Wunder.“

„Als dann im November die Sache mit dem Geld aufgedeckt wurde, hatte ich die Nase voll, ich habe mich verrückt gemacht, um überhaupt arbeiten gehen zu können und die kamen mit Beschuldigungen über meinen Mann. Dirk hätte niemals etwas Unrechtes getan, aber damals konnte jeder auf ihm herumhacken, er war ja nicht da, um sich zu wehren.

Ich war auf jeden Fall erleichtert, als ich die Stelle bei Fritz bekam, dort stimmt das Arbeitsklima und vor allem die Arbeitszeit, ich muss zwar morgens schon sehr früh anfangen, dafür habe ich mittags schon Feierabend und kann für Mattias da sein.“

„Bei Fritz sind sie wirklich gut aufgehoben, den könnte ich mir auch gut als Chef vorstellen“, warf Doro dazwischen.

Aber Kathi war noch etwas eingefallen.

„Bevor die Geschichte mit dem Geld aufgedeckt wurde, hieß es zuerst, Dirk hätte eine Geliebte und hätte sich mit ihr ins Ausland abgesetzt. Und da hat zu allem Übel Gabriele auch noch mitgeholfen, das könne sie sich sehr gut vorstellen, schließlich wäre er auch hinter ihr hergewesen und an Kontakt zu wohlhabenden Frauen, die zu allem bereit seien, hätte es meinem Mann mit Sicherheit nicht gemangelt.

Damals hätte ich am liebsten jedem, der schlecht über meinen Mann sprach, die Augen ausgekratzt. Er hatte mir selbst immer erzählt, wie sehr ihn die Annäherungsversuche verschiedener Frauen, die meinten sich mit Geld alles kaufen zu können, abstießen. Aber von allen Seiten bekam ich nur schlechtes zu hören, so wusste ich am Ende selbst nicht mehr, was ich glauben sollte und was nicht.

Da von Dirk noch immer keine Spur zu finden war, obwohl die Polizei allen Hinweisen nachging, fing ich an, mich in ein Schneckenhaus zurückzuziehen. Vor allem, als nach der Geliebtenversion auch noch Gabriele anfing auf ihm rumzuhacken. Sie hat mir damals sehr weh getan, als sie sagte, dass er auch hinter ihr her gewesen sei, denn ich weiß genau, dass sie nicht sein Typ war. Zumindest hat er mir das immer erzählt, obwohl altersmäßig hätten sie gut zusammengepasst, er ist genau zwei Jahre älter als sie.

Aber was nun wirklich alles geschehen ist, ich weiß es nicht, da bisher alle Spuren im Sande verliefen, ich habe die Hoffnung eigentlich aufgegeben, dass Dirk noch lebt und dass ich ihn noch einmal wiedersehe."

„Sie tun mir richtig leid", meinte Doro aufrichtig, „wenn wir ihnen doch nur irgendwie helfen könnten."

„Sie haben mir geholfen, indem ich mir alles von der Seele reden konnte und sie mir so lange und geduldig zugehört haben, jetzt fühle ich mich viel besser, irgendwie befreit."

„Haben sie denn gar keinen, dem sie sich hätten anver-
trauen können, was ist mit ihren Eltern oder Geschwis-
tern, die hätten doch bestimmt zu ihnen gehalten."
„Geschwister habe ich leider keine, das heißt doch,
eine Halbschwester, aber die ist gerade erst neun oder
zehn Jahre alt. Meine Mutter ist schon früh an Krebs
gestorben, ich war gerade fünfzehn Jahre alt und ich
habe meinem Vater nie verziehen, dass er schon bald
darauf wieder geheiratet hat, keine zwei Jahre später.
Seine neue Frau hat sich zwar um mich bemüht, aber
mir war das alles egal, ich wollte und konnte sie nicht
akzeptieren, ich ließ sie erst gar nicht an mich heran.
Ich fing dann eine Lehre als Restaurantfachfrau an und
war heilfroh, dass ich dort auch ein kleines Zimmer für
mich bekommen konnte und von zu Hause fortkam.
Mein Vater ist irgendwann nach Hamburg gezogen, er
schickt mir eine Karte zum Geburtstag und eine zu
Weihnachten und das war's."
„Das ist natürlich auch hart, in dem Alter, da waren sie
mitten in der Pubertät, das kann ich mir gut vorstellen,
da hätte ich wahrscheinlich genauso reagiert."
Viola sah Kathi traurig an. „Meine Güte, was haben sie
schon alles durchgemacht."
„Die Tatsache, dass meine Mutter sterben würde, kam
ja nicht von heute auf morgen, wir hatten zwar immer
wieder Hoffnung, dass sie die Krankheit vielleicht doch
noch besiegen würde, doch am Schluss ging es recht
schnell vorbei. Damit hatte ich mich abgefunden,
Teenager können auch ganz schön zäh sein. In meiner
Vorstellung wollte ich meinen Vater versorgen, kochen,
waschen, den ganzen Haushalt eben, ich sah mich
schon als Hausfrau. Dann kam er mit dieser Pute und

meinte Frau Abels würde auch mich entlasten, das sei
doch alles zu viel für mich. Ich kam eigentlich sofort
dahinter, dass es sich bei der lieben Frau Abels nicht
um eine bezahlte Haushaltshilfe handelte, die hätten
wir uns auch gar nicht leisten können. Es ging ruck,
zuck, da war die Pute mit all ihrem Kram bei uns eingezogen und schlief in Mutters Bett."
„Weißt du, wovon ich geträumt habe Mama?"
Die drei Frauen wurden jäh aus ihren Gedanken geris-
sen, sie waren so sehr in Kathis Bericht vertieft gewesen, dass sie nicht bemerkt hatten, dass sich Mattias
auf dem Teppich streckte und waren von seinen Worten fast erschrocken.
„Wovon hast du denn geträumt, mein Schatz?"
„Ich träumte, ich hätte einen eigenen Hund und mit
dem bin ich durch den Wald gelaufen, dort, wo wir letztens mit der Klasse den Ausflug hin gemacht haben,
weißt du noch?"
„Ja natürlich, da hatte es dir so gut gefallen, dass ich
dir versprochen habe, noch einmal mit dir hinzufahren,
damit du mir alles zeigen kannst."
„Genau, wann fahren wir da wieder hin, Mama?"
„Mein lieber Schatz, das kann ich dir noch nicht sagen,
aber ich glaube jetzt müssen wir uns zum Bahnhof fahren lassen, damit wird unseren Zug noch bekommen,
sonst wird es für uns beide zu spät. Schließlich hast du
morgen wieder Schule und ich muss arbeiten gehen."
„Kommt Tante Gabi morgen früh wieder zum Frühstücken?"
„Ja, mein Schatz, wie fast jeden Morgen. So, jetzt
komm, geh bitte noch einmal zur Toilette, damit wir
aufbrechen können."

Die Frauen standen auf und streckten sich. „Darf man ihre Gabriele tatsächlich auch mal Gabi nennen?", wollte Doro wissen.

„Mattias ist der einzige von dem ich weiß, dass er es darf, als kleines Kind hatte er sich so sehr die Zunge bei ihrem Namen zerbrochen, dass sie ihm Gabi erlaubte. Ansonsten wird sie von jedem eigentlich immer nur mit vollem Namen angeredet."

Doro und Viola fuhren ihre Gäste zum Bahnhof und verabschiedeten sich herzlich voneinander.

„Wann immer sie etwas haben, oder einfach nur reden wollen, rufen sie mich an, ich bin immer für sie da, ich glaube ihre Geschichte hat uns beide sehr berührt," meinte Doro leise und zog Kathi an sich, um sie zu umarmen.

„Wenn sie bei meiner Mutter keinen erreichen sollten, versuchen sie es einfach bei mir, ich bin ja genau so gut informiert und würde ihnen auch gerne helfen, wenn ich kann." Viola hatte während dem Reden ein Visitenkärtchen in Kathis Hand gedrückt und auch sie drückte sie zum Abschied an sich. Auch Mattias wurde gedrückt und kam als Gegenleistung mit einem recht nassen Kuss auf Violas Backe.

„Tschüss Tante Viola und Tante Doro und noch einen dicken Schmatz für Kelly."

Sonntag, der 1. 6.

Kathi deckte ihren Kaffeetisch, heute wollten Doro und Viola zu ihr kommen. Sie hatte Doro schon kurz nach ihrem eigenen Besuch zu sich eingeladen, die aber wollte erst ihren stressigen Mai hinter sich bringen. „Pass auf", hatte sie Kathi Ende April erklärt, „die Saison hat jetzt angefangen, aber die Geschichte wird noch besser, im Mai drehen alle Gärtner durch und die Floristen verstärkt zum Muttertag, du wirst das noch nicht kennen, glaube mir, die werden bekloppt. Wenn der ganze Mist herum ist, komme ich dich gerne besuchen, ganz bestimmt.

Der Mai ist wirklich Stress pur, da müssen unsere Pflegegräber auf dem Friedhof neu bepflanzt werden, die Leute bringen ihre Balkonkästen und Schalen, der Verkauf läuft drinnen wie draußen. Da kann man wirklich den Kopf verlieren und sonntags habe ich nur noch Lust zum Faulenzen, sogar mein Mann macht drei Kreuze, wenn alles wieder rum ist."

Tatsächlich drang in die Cafeteria öfter das Geräusch eines aggressiven Bienenvolks herein, Doro hatte Recht, die Kunden waren ungeduldig, laut und streitbar, auch sie war schließlich froh die Saison hinter sich zu haben. Weihnachten war auch viel zu tun gewesen, doch die Grundstimmung war eine andere gewesen, das hatte ihr Spaß gemacht und das war der Betrieb, den sie auch gewohnt war.

Aber jetzt im Frühjahr lag eine Ahnung der Verwesung in der Luft, die mit dem frischen Duft der vielen Blumen, von Zeit zu Zeit, zu ihr hinübergeweht wurde.

Doro hatte ihren vierzehntägigen Besuchsrhythmus beibehalten und immer öfter war beiden das vertraute Du herausgerutscht, bis sie beschlossen hatten, es ganz dabei zu lassen.

Es war jetzt ein Vierteljahr her, dass sie zum ersten Mal mit Doro gesprochen hatte, aber es kam Kathi schon viel länger vor. Sie hatte in kurzer Zeit großes Vertrauen in die Frau gefasst, die vom Alter her ihre Mutter hätte sein können. Manchmal wünschte sie sich Doro nicht kennengelernt zu haben, sie wurde mit ihr an all das erinnert, was ihr verloren gegangen war. Zuerst ihre Mutter, die konnte auch gut zuhören und hatte sich für ihre Sorgen interessiert, dann ihr Mann und ihr Haus. Manchmal meinte sie von der Stadt erdrückt zu werden, dann wollte sie nur noch raus und weglaufen, aber wohin?

Seit sie Doro kannte, träumte sie wieder öfter von der kurzen schönen Zeit mit Dirk in ihrem ruhigen Haus im Grünen. Sogar Mattias schien unzufriedener als vorher, er schimpfte immer wieder über seine Lehrerin, den „alten Knochen". Wahrscheinlich war es ein Fehler gewesen, ihm zu sagen, dass Viola beinahe seine Lehrerin an der anderen Schule geworden wäre.

„Nein", sagte sie jetzt energisch zu sich selbst, „es tut gut die beiden zu kennen."

Sie hatten ihr Versprechen gehalten, alle drei hatten im letzten Monat mehrmals miteinander telefoniert und selbst die paar Worte hatten ihr gut getan, auch wenn es nur um Nebensächlichkeiten ging.

„Oh, pünktlich wie die Feuerwehr", dachte Kathi als ihre Klingel ging. Sie ging rüber zur Tür und drückte den Öffner. Nach kurzer Zeit waren Doro und Viola die

Treppen heraufgestiegen und drückten Kathi an sich, die in der offenen Tür auf sie wartete.

„Schön, dass ihr da seid", sagte Kathi und führte ihre Gäste in ihre Wohnung.

Doro sah sich neugierig um, „du hast es ja richtig gemütlich, so schön hätte ich mir deine Wohnung nicht vorgestellt."

Kathi sah sie irritiert an, „warum sollte ich es nicht gemütlich haben, schließlich habe ich keinen Garten um den ich mich auch noch kümmern muss, sondern kann mich ausschließlich auf meine eigenen vier Wände konzentrieren."

„Nein, entschuldige, so meinte ich das nicht, ich bin nur ganz einfach überrascht. Wahrscheinlich hatte ich wieder Vorurteile. Eine Stadtwohnung, das ist für mich mit viel Verkehr und Straßenlärm verbunden, Treppenhäuser sind in meiner Vorstellung muffig und beschmiert und die dazugehörende Wohnung hat dann einfach klein und dunkel zu sein. Bei dir ist nichts davon. Der Verkehr hat schon an der vorigen Kreuzung nachgelassen, vom Lärm ist bei dir so gut wie nichts mehr zu hören, man hat noch nicht einmal Probleme einen Parkplatz zu finden. Das Treppenhaus ist hell, sauber und großzügig geschnitten und deine Wohnung ebenfalls, du hast es richtig schön hier."

„Mama hat recht", meinte nun auch Viola, „mir geht es genauso, auch ich bin überrascht wie schön hell deine Wohnung ist und wie ruhig man sogar mitten in der Stadt wohnen kann. Aber wo ist eigentlich Mattias?"

„Keine Ahnung, normalerweise kommt er beim Klingeln immer sofort aus seinem Zimmer herausgeschossen, damit er bloß nichts versäumt ..."

Kathi sah sich etwas ratlos um und alle Frauen waren für einen Moment stumm, in der Stille konnte man plötzlich die Toilettenspülung hören.

„Ach", lachte Kathi erleichtert, „da ist er!"

Man hörte kurz danach eine Tür aufspringen und das Laufen kleiner eiliger Füße auf Parkettboden und sofort wurde Viola von einem kleinen Kobold angesprungen, der sie stürmisch umarmte.

„Mattias, langsam! Hast du dir auf der Toilette auch die Hände gewaschen?"

„Ja, Mama, hab ich."

Zur Bestätigung reckte der Knirps seine Hände vor Kathis Gesicht.

„Gewaschen sind die wohl, aber du hättest sie ruhig auch abtrocknen können, dazu benutzt man ein Handtuch und nicht die Kleidung seiner Gäste."

„Ich habe eine Riesenwurst ins Klo gesetzt, fast wäre alles verstopft, zweimal musste ich abdrücken, damit alles wegging und die Bürste habe ich auch gebraucht."

„Mein lieber Sohn, es ist wunderbar, wenn deine Verdauung so prima funktioniert, aber ich glaube, so genau wollten wir das nicht wissen, hoffentlich haben unsere Gäste jetzt noch Appetit auf Kuchen.

Ich schaue mir aber lieber mal das Schlachtfeld an, was du hinterlassen hast, wenn du bitte unseren Besuch ins Wohnzimmer führen würdest, wir wollen doch, dass sich die beiden Damen bei uns wohlfühlen."

Mattias tanzte vor Doro und Viola herum in Richtung Wohnzimmer, dessen Tür schon offenstand, sodass Doro schon einen neugierigen Blick hineingeworfen hatte.

Mattias war aber schon weiter an der Balkontür, die er

weit aufmachte und von draußen rief er: „Tante Doro komm und schau dir meine Tomatenpflanze an, Mama hat sie extra für mich gekauft, aber es sind noch keine Tomaten dran."

Doro und Viola gingen durchs Wohnzimmer auf einen gar nicht so kleinen Balkon, der liebevoll mit vielen Balkonkästen und Sommerblumen dekoriert war.

Doro strich dem kleinen Kerl liebevoll über die Haare, „das wird auch noch etwas dauern, aber schau, da sind doch schon Blüten, wenn du immer schön gießt und etwas Dünger ins Wasser gibst, dann wirst du Erfolg haben.

Aber ihr habt es richtig schön gemütlich auf eurem Balkon. Links, hinter diesen Häusern, ist das ein Park?"

„Ja, aber da darf ich nicht alleine hingehen, weil davor die Eisenbahn fährt und es zu gefährlich ist, aber schau Tante Viola, hier auf der anderen Seite, da ist meine Schule und dahinter ist ein kleiner Park, der ist viel schöner, aber da darf ich auch nicht alleine hingehen."

Neugierig lehnte sich nun auch Viola über das Balkongeländer, „hier in der Straße ist schon deine Schule, das ist ja praktisch."

„Ja, da darf ich alleine hingehen. Trotzdem wäre ich viel lieber an deiner Schule."

„Das geht aber halt nicht, doch schau mal, was wir dir mitgebracht haben."

Viola hatte zur rechten Zeit ihren Trumpf ausgespielt und mit einem Schrei der Freude riss der Junge das Geschenkpapier ab, um zu sehen, was sich dahinter verbarg.

„Was ist das?"

„Das ist ein Rechenbandolo, damit kann man Rechnen

lernen, die Zahlen kennst du doch schon sicherlich und schau mal hier, ich zeige dir, wie es geht. Du musst die Schnur so in die Rillen legen, wie du meinst, dass es richtig ist. Sieh mal so, und dann kannst du auf der Rückseite nachsehen, ob du richtig gerechnet hast."

Viola hatte sich mit Mattias draußen an einen kleinen Tisch gesetzt und zeigte ihm geduldig, wie sein Lernspielzeug funktionierte.

Währenddessen ging Doro zurück ins Wohnzimmer und sah sich um, Kathi schien ein ausgesprochenes Geschick im Einrichten zu haben. Alles wirkte so gemütlich durch warme Farben und viel Holz, neben dem Fußboden, war auch die Decke getäfelt und selbst die Möbel hatten Stil.

„Daneben sieht meine Einrichtung aus wie vom Sperrmüll oder aus dem Ramschladen", dachte Doro.

„Entschuldigt vielmals, aber das war jetzt notwendig gewesen", Kathi kam von der Toilette zurück, „wenn Mattias mit der Klobürste arbeitet, ist es immer besser, ich gehe noch einmal nach. Manchmal macht er mehr Sauerei, als vorher war, aber wir arbeiten noch da dran."

„Er ist doch noch klein", meinte Doro, und in einem Atemzug: „Das ist die schönste Stadtwohnung, die ich je gesehen habe, wenn ich aus irgendeinem Grund nach Köln ziehen müsste, würde ich gerne hier wohnen wollen."

„Du in der Stadt? Das glaubst du doch wohl selbst nicht! Du würdest eingehen, außerdem ist die Wohnung selbst zwar schön und es gibt auch noch andere Vorteile, zum Beispiel, dass ich hier kein Auto brauche. Wie überall gibt es aber auch viele Nachteile, der Lärm, die schlechte Luft und überall die vielen Menschen, ich bin es einfach leid. Doch lasst euch nicht von meiner schlechten Einstellung runterziehen, sondern kommt bitte und setzt euch an den Tisch, damit ihr euch ein Stück Kuchen aussuchen könnt."

Auch Viola und Mattias kamen folgsam und setzten sich.

„Es gibt meinen Lieblingskuchen, lecker mit Sahne und Mandarinen."

Mattias hatte schon die Tortenschaufel in der Hand, bevor seine Mutter einschreiten konnte und schob sich das erste Stück auf seinen Teller.

„Erst bedient man seine Gäste! Doro möchtest du lieber ein Stück Käsesahne oder Erdbeerkuchen?"

Mit viel Geschick bediente Kathi ihre Gäste mit dem gewünschten Kuchen und Kaffee.

„Das ist genau der richtige Kuchen, für einen so schönen, warmen Tag wie heute", meinte Doro, „schmecken tut er ausgezeichnet. Doch was hast du eben wegen Lärm gesagt, seitdem ich hier bin, habe ich nichts gehört, es kommt mir fast so ruhig vor, wie bei uns auf dem Land."

„Klar, jetzt ist es auch ruhig hier, Sonntagnachmittag immer, sonst ist hier auch mehr Verkehr, auch wenn wir an einer Einbahnstraße wohnen. Das nervigste ist die Eisenbahn, die geht links hinter der Straße vorbei, die hört man Tag und Nacht, besonders bei Regen, wenn dann auch noch an den Gleisen gearbeitet wird, ist es besonders schlimm."

„Dafür hat Mattias seine Schule ganz nah", klinkte sich nun auch Viola in das Gespräch ein, „und einen schönen Park zu dem er noch nicht alleine gehen darf."

„Ja, die Schule ist praktisch, die ist in unserer Straße, das ist wirklich schön, der Park, damit meint er sicher den Rathenau Platz, der ist schön, könnte aber etwas größer sein ... Warum habt ihr eigentlich euren Hund nicht mitgebracht?

Mattias hat sich schon so gefreut."

„Tut mir leid, aber Kelly gehört zu den wenigen Hunden, die nicht gerne Auto fahren und außerdem wusste ich nicht, wo ich hier mit ihr Gassi gehen kann. Außerdem kann sich mein Mann auch mal bewegen und mit ihr laufen. An Mattias hab ich leider nicht gedacht, dann hast du halt einen Grund uns wieder einmal besuchen zu kommen.

Wie hast du eigentlich deinen ersten Saisonschock überstanden?"

Kathi sah Doro erstaunt an: „Was meinst du damit?"

„Na, den Frühlingsverkauf in eurer Cafeteria."

„Bei uns ging es ja vergleichsweise harmlos zu, nur in der Markthalle, da habe ich wirklich öfter geglaubt, jetzt passiert was! Manchmal kam auch die Unruhe bis zu uns herein, aber da Fritz ruhig wie ein Fels in der Brandung bleibt, braucht man sich selbst auch nicht stören zu lassen, so fand ich die meisten Zankereien einfach nur lächerlich."

„Es ist schon ärgerlich, wenn du eine Bestellung vorliegen hast und dann die Ware zu teuer ist, oder schon vergriffen ist, oder halt nicht so aussieht, wie du sie brauchst. Es sind halt Naturprodukte, die Kunden sehen oft die schönen Bilder in ihren Hochglanzheften und stellen es sich dann genau so vor.

Gesprächsthema Nummer eins unter Gärtnern ist und bleibt immer das Wetter, weil alles davon abhängt."

„Das stimmt", nickte Kathi, „fast alle Gesprächsfetzen, die ich von unseren Gästen mithöre, drehen sich immer irgendwie ums Wetter."

Jetzt lachte auch Viola: „Schon als kleines Mädchen wurde ich von Frau Krause jedes Mal gefragt: Und Kind, wie wird das Wetter? Da wusste ich nie, was ich antworten sollte."

„Frau Krause kann wirklich nerven, jede Wolke, die sie am Himmel sieht, würde sie am liebsten melken, sie hat immer das Gefühl, es hätte zu wenig geregnet. Herr Krause dagegen, der mehr im Freien arbeiten muss, hätte es lieber trocken. Ich sage ja, gut, dass nicht jeder selbst am Wetter basteln kann."

Mattias, der die ganze Zeit ruhig am Tisch saß und genüsslich zwei Stücke Torte gegessen hatte, rutschte plötzlich unruhig hin und her.

„Kann ich Tante Viola mein Zimmer zeigen?"

„Wenn du aufgeräumt hast, sodass man nicht über deine Spielsachen fällt und wenn Viola fertig ist und in deine Räuberhöhle möchte, kannst du sie auch selbst fragen."

Aber schon war Mattias von Stuhl gerutscht, um den Tisch gerannt und zog an Viola, die sich noch schnell den Mund mit einer Serviette abwischte.

„Ich komme doch schon mit", lachte sie.

„Mein Sohn kann auch recht anstrengend sein, hoffentlich sagt ihm deine Tochter, wenn sie genug von ihm hat, manchmal muss man ihm schon seine Grenzen zeigen."

„Das wird Viola wohl schon können, mach dir da mal keine Sorgen, ich weiß aus zuverlässiger Quelle, dass sie Mattias gerne mag. Sie sagt, er habe ein gutes

Auffassungsvermögen, es würde ihr Spaß machen, ihm Dinge zu erklären.

Aber was ist eigentlich mit deiner Nachbarin Gabriele, ich hatte erwartet sie auch hier zu treffen."

„Kann sein, dass sie noch kommt, aber sonntags hat sie ihren eigenen Ablauf, vormittags besucht sie immer ihre Mutter im Pflegeheim, danach geht sie in ein Wellnessbad zum Relaxen, das macht sie eigentlich schon so lange ich sie kenne, jeden Sonntag."

„Ihre Mutter lebt in einem Pflegeheim?"

„Ja, sie hat eine starke Demenz, meistens kennt sie ihre eigene Tochter nicht und ist auf Hilfe rund um die Uhr angewiesen. Gabriele spricht nicht oft darüber, aber ich glaube, sie leidet sehr darunter, ihre Mutter so hilflos zu sehen."

„Sicher", dachte Doro, „aber typisch für Gabriele, es wird nicht darüber gesprochen!"

Da sie wusste, dass Kathi absolut loyal gegenüber ihrer Freundin war und nichts negatives von ihr hören wollte, sagte sie nur, dass sie unter dieser Situation auch leiden würde. Beide Frauen sahen sich an, hilflos, weil sie gerne auf ein anderes Gesprächsthema ausgewichen wären. Sie überbrückten die Sprachlosigkeit mit einem Lächeln.

Doro sah sich still um, seltsam, immer wenn es um Gabriele ging, wurde das Gespräch abgeblockt, warum eigentlich ...?

„Wie seid ihr zu eurem Hund gekommen?" Hörte sie jetzt Kathis Frage.

„Wie kommt sie jetzt auf einmal auf unseren Hund?" wunderte sich Doro im Stillen.

„Du weißt doch, wie das meistens so ist, die Kinder haben den Wunsch und die Eltern müssen die Geschichte am Schluss ausbaden. Nein, nein, so schlimm war es nun auch wieder nicht, sicher kam die Idee zu einem Hund von unseren Kindern, hauptsächlich von Viola. Aber wir wussten schon, dass die Hauptarbeit an uns hängen bleiben würde, Kelly ist auch schon unser zweiter Hund. Unsere erste Hündin haben wir decken lassen und von dem Wurf haben wir Kelly behalten, sie ist also auch bei uns zur Welt gekommen."

„Dann ist sie richtig eigene Zucht?"

„Klar bin ich eigene Zucht", meinte Viola, die sich von Mattias losgeeist hatte und nur Kathis letzten Satz gehört hatte.

Doro fing herzhaft an zu lachen. „An deiner Stelle wäre ich mir nicht so sicher ... nein, es ging um unsere Hunde."

Die drei Frauen kicherten nun wie Teenager und hätten beinahe das Läuten überhört, aber Mattias kam sofort aus seinem Zimmer geschossen und öffnete die Wohnungstüre.

„Hallo Tante Gabi, schau mal, was ich geschenkt bekommen habe, ein neues Lernspiel, damit kann ich rechnen lernen."

Gabriele kniff Mattias liebevoll in die Backe und schob sich an ihm vorbei in den Raum.

„Hallo Gabriele, du bist heute aber früh zurück, komm doch herein, es ist auch noch ein Stück Kuchen da, wenn du willst."

„Hallo zusammen, ich möchte nicht stören, aber ich hatte Stimmen gehört und dachte, ich sage mal Guten

Tag. Ihr seid ja richtig gut drauf, darf man mitlachen, worum geht es denn?"
„Nichts wichtiges, wirklich gar nichts, eigentlich nur ein Missverständnis von Viola." Das Gelächter war so schnell verstummt, wie es aufgekommen war und Kathi suchte nach Worten.

Der gemütliche Nachmittag war mit dem plötzlichen Auftauchen Gabrieles beendet gewesen, sie waren zwar noch eine Weile geblieben, jedoch kam keine Stimmung mehr auf. Dabei konnte man Gabriele keine Schuld geben, sie war wirklich nett und versuchte mit einer Flasche Rotwein aus ihrem Fundus wieder etwas zur Gemütlichkeit beizutragen. Doro lehnte dankend ab, da sie noch Autofahren musste und auch Viola nippte recht lustlos an ihrem Glas und schien froh, als sie aufbrachen und sich verabschieden konnten.
„Die blöde Pute hätte ruhig noch ein wenig länger in ihrer Wellness-Oase bleiben können, dann wäre unser Nachmittag harmonischer zu Ende gegangen."
Viola regte sich während der Heimfahrt richtig auf.
„Ich habe das Gefühl, dass sie Kathi genau unter Beobachtung hat, die kriegt natürlich auch alles mit, da die Wohnung genau daneben liegt, das würde mir auf den Wecker gehen."
„Kathi hat sich bei mir bisher noch nicht darüber beschwert, ganz im Gegenteil, sie hat mir nur immer die Vorteile davon aufgezählt, die sie hat, mit Gabriele als direkter Nachbarin."

„Die scheint mir richtig abhängig von ihrer ach so tollen Nachbarin zu sein!"

„Meine Güte, du bist richtig aggressiv gegen sie eingestellt, die beiden haben wirklich eine richtige Zweckgemeinschaft, eine hilft der anderen, ist doch toll."

„Weiß ich ja alles, aber ich mag diese Gabriele einfach nicht, warum kann ich nicht erklären, vielleicht ist sie mir einfach zu perfekt, keine Ahnung."

Doro bemühte sich, ihre Gedanken aufs Autofahren zu konzentrieren, aber sie hatte noch etwas anderes sagen wollen und war von Viola abgelenkt worden. Es war etwas ganz einfaches und lag ihr auf der Zunge, aber sie kam nicht drauf, was sie noch mit ihrer Tochter besprechen wollte. Nein, es hatte nichts mit Gabriele zu tun ...

„Wie kann man nur aus der Sauna kommen und schon wieder perfekt gestylt sein, um dann nach Hause zu fahren?" Viola war immer noch am Ablästern.

„Vielleicht wollte sie abends noch ausgehen. – Kind, jetzt hör doch auf, fang lieber ein anderes Thema an."

„Gut, dann nehme ich jetzt die tolle Wohnung zwischen, sei mir nicht böse Mama, aber ich bin richtig übel drauf. Der Nachmittag war richtig nett gewesen, bevor diese blöde Pute kam und alles zerstört hat und jetzt muss ich mich erst einmal abreagieren."

„Kling", machte es bei Doro im Kopf.

„Genau, die Wohnung, darüber wollte ich auch mit dir reden. Ich habe zuallererst schon gedacht, ich hätte die falsche Adresse, als ich das tolle Haus sah. Als ich den Namen auf dem Klingelknopf gefunden hatte, dachte ich ,okay, Kathi sagte, es sei eine Dachwoh-

nung, dann hat sie hier halt nur eine kleine Dachwoh-
nung'. Aber die Wohnung ist der Wahnsinn! Ich
möchte nicht wissen, wie hoch die Miete dafür ist."
„Mit Sicherheit zu hoch für Kathi mit ihrem Kellnerin-
nengehalt."
„Hm", entgegnete Doro nur, da sie sich auf den Verkehr konzentrieren musste.
„Wozu hat man einen Bruder im Immobiliengewerbe,
ich muss mich mal nach Mietpreisen von Köln infor-
mieren, aber hier sieht doch ein Blinder mit Krück-
stock, dass irgendetwas faul ist. Die Wohnung passt
zur feinen Gabriele, aber nicht zu Kathi, es sei denn,
sie hat dir nicht die ganze Wahrheit erzählt."
„Du hast Recht, Viola, ich bin der gleichen Meinung,
wie du. Wenn ich Kathi das nächste Mal sehe, werde
ich sie ganz einfach da drauf ansprechen. Irgendwie
passt das Ganze wirklich nicht zusammen, sie hat mir
so viel vorgejammert, nein, du hast recht, ich werde
sie fragen.
Alex kann man trotzdem fragen und wenn ich raus-
kriege, dass ich von Kathi verkohlt werde, dann ist die
Freundschaft gestorben."

Donnerstag, der 5. 6. 2008

Großmarkttag für Doro, die grübelnd nach Köln gefahren war, der Einkauf war ihr heute lästige Nebensa-
che und sie war froh, damit fertig zu sein. Allerdings

lag ihr die Begegnung mit Kathi auch schwer im Magen.

Alex hatte gelacht, als sie ihn auf die Mietpreise hin angesprochen hatten.

„Wo sagst du, in der Nähe von Rathenauplatz und Uni? He, das ist erste Sahne, ich denke, da kannst du in der Größe und Ausstattung wie du mir beschrieben hast, locker mit siebenhundert Euro Kaltmiete rechnen."

Daraufhin musste sich Doro erst einmal hinsetzen.

„Was, so teuer, da wäre mein Verdienst alleine schon für die Miete futsch, zum Leben hätte ich nichts mehr. So viel mehr kann Kathi gar nicht verdienen."

Jetzt steuerte sie auf die Cafeteria zu und konnte auch schon Kathi zwischen den Tischen herumwuseln sehen, ihr Pferdeschwanz wippte lustig auf und ab. Sie winkte ihr freudig zu, als sie Doro erkannte und fragte: „Dein übliches Menü?"

Doro nickte nur und Kathi war schon wieder verschwunden. Doro hatte während der letzten Tage überlegt, wie sie Kathi ansprechen sollte, sie war gedanklich verschiedene Fragevariationen durchgegangen und hatte sie wieder verworfen. Als Kathi jetzt mit ihrem belegten Brötchen und dem Kaffee zu ihr kam, war ihr Hirn wie leergefegt, so war sie froh, dass Kathi die Initiative ergriff und fragte: „Seid ihr am Sonntag gut nach Hause gekommen?"

„Ja klar, kein Problem, so viel Verkehr war nicht. Habt ihr beiden noch länger zusammen gesessen?"

„Wir haben den Rotwein noch ausgetrunken, zwischendurch zu Abend gegessen und Mattias zu Bett gebracht. Es war ein richtig gemütlicher Tag gewesen, hoffentlich hat es euch auch ein wenig bei mir gefallen. Ich habe es zwar nicht so schön wie du, aber ...."

„Jetzt hör aber auf, Kathi, deine Wohnung ist einsame Spitze und ich denke, das weißt du auch, alleine der Schnitt und die Ausstattung, noch dazu die Lage, ruhig, auch wenn du es nicht wahrhaben willst, und trotzdem zentral. Wir haben uns schon überlegt, wie du dir das leisten kannst, oder hast du außer deinem Job hier noch andere Einnahmequellen?"

Kathi sah Doro entgeistert an: „Wie meinst du das?"

„Ganz einfach, mit meinem Verdienst könnte ich mir diese Wohnung nicht leisten, Miete plus Nebenkosten könnte ich eventuell zusammenbringen, aber zum Leben bliebe mir absolut nichts mehr übrig. Du verdienst wahrscheinlich etwas mehr als ich, aber dafür musst du ja auch noch deinen Sohn mitversorgen."

„Stell dir vor, ich komme rund, für Mattias bekomme ich schließlich auch noch Kindergeld und wir haben Lehrmittelfreiheit ..."

„Du willst mir doch nicht weiß machen, dass dich das bisschen Kindergeld rettet."

„Natürlich nicht, aber ich komme rund, ich kann mir keine großen Sprünge leisten, aber es reicht ... Du bist mir heute richtig fremd, Doro, hab ich dir irgendetwas getan, oder dich beleidigt? So kenne ich dich gar nicht."

Das war's schon wieder, tagelang hatte sich Doro überlegt, wie sie taktvoll vorgehen könnte, jetzt war sie doch schon wieder mit der Tür ins Haus gefallen. Dutzende Redewendungen hatte sie im Kopf gehabt, wie sie Kathi hätte fragen können, sie war einfach plump, wie ein Elefant. Nein, sie wollte die Freundschaft mit Kathi gerne erhalten, es war schön mit ihr zu reden, trotz all ihrer Schicksalsschläge war sie ein fröhlicher Mensch geblieben, es konnte ihr doch schnurzpiepegal sein, wie sie ihr Leben finanzierte.

„Entschuldige bitte, ich glaube, ich habe mich in etwas hineingesteigert, was mich eigentlich nichts angeht, ich fand deine Wohnung wirklich schön und du weißt doch, mein Sohn arbeitet in der Immobilienbranche. Er meinte, dass eine Wohnung wie deine, gleiche Lage, Ausstattung und Größe bestimmt siebenhundert Euro Kaltmiete kostet, eher sogar mehr."

„Wouh", machte Kathi, „kein Wunder, dass du ins Grübeln gekommen bist, nein, so teuer ist meine Bude nicht, da ist dein Sohn aber falsch informiert, ich komme mit der Hälfte hin. Außerdem gibt mir Gabriele noch Kostgeld, weil ich auch für sie mit koche. Sie würde mir auch noch mehr geben, aber das will ich nicht, denn sie kümmert sich ja auch um Mattias, damit ich arbeiten gehen kann. Schließlich habe ich auch noch meinen Stolz, ich muss und kann für mich selber sorgen. Auch wenn mir im Moment alles sehr schwerfällt, immer wieder muss ich Vergleiche ziehen. Vor einem Jahr wohnten wir in der Waldstraße und waren glücklich und immer wieder fallen mir Sachen ein, die wir vor einem Jahr getan haben, Dirk und ich."

Kathis Schultern zuckten und Doro stand auf und drückte sie an sich.

„Das tut mir leid und ich nerve dich auch noch mit meinen blöden Fragen."

„Ist schon gut, ich muss jetzt weiterarbeiten, vielleicht habe ich nachher noch etwas Zeit."

Jetzt habe ich sie beleidigt, dachte Doro, gut, dass ich wenigstens nicht auch noch Viola mit hineingezogen habe.

Es kam so, wie Doro gedacht hatte, an diesem Tag fand Kathi keine Zeit mehr zum Reden. Auf dem Heimweg schimpfte sie im Auto vor sich hin: „Du bist ein richtig blödes, altes Trampeltier, alle Freundschaften machst du mit deiner dämlichen Art kaputt."

Doro hatte eine Stinkwut auf sich selbst, die sich auch nicht besserte, als Frau Krause ihr im Blumengeschäft erklärte, sie müsse noch ein paar Blumen zu Frau Weber bringen.

„Ja, ich weiß, dass sie nach Hause müssen, aber es liegt doch auf ihrem Weg und Frau Weber hängt doch so sehr an ihnen."

„Ist ja schon gut."

„Blumen hin, Blumen her", murmelte Doro auf dem Heimweg vor sich hin, „erst kommt mein Hund, dann Frau Weber, oder noch besser, wir verbinden beides miteinander."

Zu Hause wurde sie stürmisch von Kelly begrüßt, die den ganzen Morgen gewartet hatte und jetzt Gassi gehen wollte.

„Genau, gutes Mädchen, jetzt geht's raus, du kommst einfach mit zu Frau Weber, hoffentlich kommen wir dann beide schneller wieder weg."

Die Hoffnung war allerdings vergeblich, denn Frau Weber freute sich immer und über jeden Besuch.

„Frau Doro", sagte sie „können sie sich nicht mehr an meinen Bobby erinnern, sie wissen doch, dass ich früher auch einen Hund hatte und auch heute hätte ich gerne wieder einen Hund oder auch eine Katze. Aber was wird aus dem Tier, wenn ich sterbe und das kann heute oder morgen passieren."

„Das dürfen sie nicht sagen, Frau Weber, so alt sind sie nun auch noch nicht."

„Im Herbst werde ich fünfundsiebzig, da muss man mit allem rechnen, ich bräuchte ja nur ins Krankenhaus zu müssen und ich habe keinen, der sich um das Tier kümmern könnte, nein, so schade es ist, ich kann mir keines mehr anschaffen. Aber es ist schön, dass sie ihre Kira mal wieder mitgebracht haben."

„Das hier ist Kelly, die Tochter von Kira, ich glaube, die haben sie noch gar nicht kennengelernt."

„Stimmt, sie hatten damals einen Welpen behalten, da kann ich mich schon noch dran erinnern, zum Glück funktioniert mein Oberstübchen noch richtig und ihre Kira gibt's nicht mehr?"

„Nein, Kira ist letztes Jahr im Frühjahr gestorben, da war sie dreizehn Jahre alt und unsere Kelly ist jetzt auch schon sechs Jahre alt."

Kelly schien Frau Weber sehr zu mögen, sie wedelte um die alte Frau herum und sprang hoch, um ihr ein Hundküsschen zu geben. Damit hatte keiner gerechnet und nur Doros schneller Reaktion war es zu verdanken, dass Frau Weber nicht stürzte.

„Sehen sie, so geht es mir laufend, ich muss immer aufpassen, dass ich nicht hinfalle, mein Kreislauf. Irgendwann kippe ich einmal um, stoße mir den Kopf, oder verletze mich und kein Mensch vermisst mich. So was liest man immer wieder in der Zeitung."

„An so was dürfen sie aber nicht denken, Frau Weber und die Kelly soll doch niemanden anspringen."
Der Hund stand schwanzwedelnd vor den beiden Frauen und schaute sie mit treuen Augen an, als wolle er sagen: „Entschuldigung, das wollte ich nicht, es kam halt so über mich."
„Auf Wiedersehen, Frau Weber, viel Spaß mit ihren Nelken, ich muss jetzt mit Kelly weitergehen, damit sie ihr Geschäft erledigen kann, alles Gute."

Donnerstag, der 19. 6.

Jetzt im Juni wurde das Arbeiten in der Gärtnerei ruhiger, den Verkauf bekam Frau Krause weitestgehend alleine geregelt und Doro konnte Herrn Krause mit den Pflegegräbern helfen und die Gärtnerei wieder in Ordnung bringen. Obwohl sie keinen Stress mehr hatte, vergaß sie den Zwischenfall mit Kathi total, bis sie wieder auf ihrer üblichen Kölnfahrt war.
„Hoffentlich spricht sie wieder mit mir", dachte Doro, „zum Glück hat Viola meine derbe Art nicht geerbt, die kann besser mit Menschen umgehen, die hätte Kathi nicht gefragt, wie kannst du dir diese Wohnung leisten und hast du noch andere Einnahmenquellen, sondern wäre schön behutsam vorgegangen."
Ihre Sorge schien jedoch unbegründet, sobald Kathi sie sah, winkte sie ihr zu.

„Ich muss dir war zeigen."
Und zog einen Zettel aus ihrer Tasche. Doro war ganz
verdutzt, strich den Zettel glatt und sah, dass es sich
um einen Kontoauszug handelte, verständnislos sah
sie Kathi an.
„Ich habe dir angesehen, dass du mir nicht geglaubt
hast, als ich dir sagte, wie viel Miete ich bezahlen
muss. Also habe ich den Auszug mitgebracht, um es
dir zu beweisen, denn mit Worten hätte ich dich wahrscheinlich nicht überzeugen können. Weißt du, das
hat mein Vater früher schon immer gesagt: „Es wird
nirgendwo mehr gelogen, als beim Geld."
Doro musste sich erst einmal sortieren, Kathi hatte sie
völlig überrascht. Noch einmal musste sie einen Blick
auf den Betrag werfen, tatsächlich, da stand Miete
inklusive Nebenkosten vierhundertneunzig Euro.
„Das stimmt, da hat dein Vater recht, und nein, ich
habe dir nicht geglaubt, aber jetzt muss ich dir glauben ... und ich danke dir.
Ich hatte mir solche Sorgen gemacht, dich mit meiner
plumpen Art für immer beleidigt zu haben. Immer
platzt mir gerade das heraus, was ich auf der Zunge
liegen habe, nie finde ich die richtigen Worte."
„Genau das mag ich aber an dir, du sagt, was du
denkst und wie du es denkst. Du bist du selbst und
ich wäre gerne ein Stückchen mehr wie du ... Aber
jetzt bringe ich dir erst einmal dein Frühstücksmenü."
Doro schüttelte den Kopf, das hatte sie bisher noch
nie erlebt, jemand wollte so sein wie sie selbst.
Sie war völlig perplex und freudig überrascht.
Bis Kathi wieder an ihren Tisch kam, wusste sie, was
sie ihr auf diesen Freundschaftsbeweis hin anbieten

wollte. Die Sommerferien standen vor der Tür und weil sich Kathi und Mattias bei ihr so wohl fühlten und so gerne aufs Land wollten, könnten sie doch eine zeitlang zu ihr kommen und in ihr Gästezimmer ziehen. Ihr Mann würde schon nichts dagegen haben. Auch mit dieser Idee platzte Doro wieder einmal unvermittelt heraus, aber diesmal verzog sich Kathis Gesicht zu einem Strahlen.

„In den Sommerferien, das wäre ja prima, Fritz hat auch schon angedeutet, es würde jetzt ruhiger und Urlaub nehmen und bla, bla, bla. Mattias wäre sowieso begeistert, er hat auch schon erzählt, dass die meisten aus seiner Klasse wegführen. Aber wie kann ich dir das gutmachen?"

„Quatsch, das brauchst du nicht."

„Nein, Unsinn, irgendetwas will ich aber tun, wenn ich wenigstens für euch kochen darf?"

„Super, gerne, dann habe ich endlich Zeit, meinen eigenen Garten mal auf Vordermann zu bringen. So wird's gemacht. Überleg dir nur noch, wann du kommen möchtest."

„Ja, das werde ich mit Gabriele und Fritz absprechen, ich ruf dich dann an.

Donnerstag, der 3. 7. 2008

Es war ein totaler Glücksgriff gewesen, Kathi mit ihrem Sohn einzuladen. Mattias war so begeistert gewesen, dass sie gar nicht anders konnten, als den

Besuch schon in der ersten Ferienwoche anzugehen. Sonntags hatte sie die beiden vom Bahnhof abgeholt und bei sich einquartiert.

Leider hatte sie selbst so kurzfristig keinen Urlaub bekommen und so hatte sie Kathis Angebot zu kochen, sehr gerne angenommen. Selbst Bert war begeistert, er als Fleischer, war eigentlich ein Liebhaber von Steaks und Braten, aber Kathis Kochkünste der italienischen Küche überzeugten auch ihn.

„Ich glaube, ich nehme jeden Tag ein Kilo zu", stöhnte er.

Kathi lachte dazu, „das glaube ich nicht."

Die Stimmung war fröhlich und locker, wie es sich für eine schöne, warme Sommerwoche gehörte. Doro hielt ihre Morgenrunde mit Kelly bei, die sie meistens sehr genoss, auch weil es dann noch nicht zu heiß für den Hund war. Dann fuhr sie zum Arbeiten, was im Moment hauptsächlich gießen bedeutete.

Mittags wenn sie nach Hause kam, fand sie es angenehm, jemanden zum Reden vorzufinden. Meistens gingen sie zumindest eine kleine Hunderunde, wobei sie immer an Erdbeerfeldern und an Kirschbäumen vorbeikamen, die stets auf ihre Tauglichkeit untersucht werden mussten. Auf dem Rückweg kauften sie beim Obstbauern die Früchte ein, auf die sie gerade Appetit verspürten.

„Mattias hat in seinem ganzen Leben noch nicht so viel Obst gegessen, wie in der einen Woche bei dir."

Spätnachmittags machte Kathi dann das Gericht fertig, das sie morgens meistens schon vorbereitet hatte, manchmal kam auch Viola dazu und alle fünf hatten viel zu lachen und ließen sich viel Zeit beim Essen.

Jeden Abend, sobald es etwas kühler wurde, kam Kelly noch einmal zu ihrem Recht.

„Nein", meinte Kathi einmal im Laufe eines Gesprächs mit Doro, „es ist nichts besonderes, hier zu dir gefahren zu sein, aber es ist genau das was ich will. Die Gleichmäßigkeit der Tage, die Ruhe der Natur zu genießen, ich fühle mich sicher und wohl bei dir und ich bin traurig, wenn ich daran denke, dass ich Montag schon wieder in Köln bin.

Nicht weil ich dann auch wieder arbeiten muss, das macht mir nichts aus. Ich sorge mich um Mattias, weißt du, dass bei uns Jugendgangs durch die Stadt ziehen, die versuchen von anderen Kindern Geld zu erpressen. Einen Mitschüler von Mattias haben sie festgehalten und gedroht ihn zu verprügeln, wenn er kein Geld rausrückt. Der Junge war zwei Jahre älter als mein Sohn, konnte sich aber nicht wehren, da die anderen zu sechst waren. Alles was er dabei hatte waren fünfzig Cent, zum Glück haben sie ihre Drohung nicht wahrgemacht, sondern gaben sich mit dem bisschen Geld zufrieden und sind abgehauen. Daher lasse ich Mattias noch nicht einmal alleine zum Rathenauplatz gehen."

„Noch geht das", meinte Doro, „doch was machst du, wenn er älter wird, du kannst ihn nicht immer festhalten."

„Genau darum, war ich so froh in die Waldstraße ziehen zu können, da hätte auch alles seine Ordnung gehabt und Mattias wäre in einer Kleinstadt zur Schule gegangen. Ich weiß, dass es auch da schlechtes gibt, aber alles ist übersichtlicher, die Menschen achten mehr auf ihre Mitmenschen und sind nicht so abgestumpft."

„Waldstraße – ich weiß, du sprichst nicht gerne darüber, aber hat sich da endlich einmal was getan, es ist jetzt fast genau ein Jahr vorbei?"

„Eigentlich nicht, das einzige was bei all den Untersuchungen mit Sicherheit festgestellt wurde, ist, dass es Brandstiftung war, die Polizei spricht von Brandbeschleunigern.

In der ersten Zeit war Herr Bitzen, der Polizist, der für meinen Fall zuständig ist, ein häufiger Gast, jetzt habe ich ihn bestimmt schon seit drei Monaten nicht mehr gesehen. Aber alles was meinen Mann betrifft – Fehlanzeige – keine Spur! Und ich wäre so froh, wenn sich endlich alles aufklären würde, wobei ich keine Hoffnung mehr habe, dass Dirk noch lebt, ich glaube, das müsste ich doch spüren!"

Heute war schon wieder Großmarkttag und wie immer ging sie vorher die übliche Hunderunde, fünf Uhr morgens im Hochsommer, da war es richtig hell und die Luft noch erfrischend. Irgendwo fuhr um diese Uhrzeit schon ein Auto in der Gegend herum, das geschah eher selten. Doros Gedanken wanderten zu ihren Feriengästen, den beiden hatten die paar Tage bei ihr offensichtlich gut getan, sie hatten eine gesunde Farbe angenommen. Vor allem Kathis Teint hatte recht blass gewirkt, jetzt sah sie frisch und gesund aus. Ihre blonden Haare hatten ein strohblond angenommen und die leicht gebräunte Hautfarbe dazu, sah einfach gut aus. Schade, dass die Woche schon bald vorüber war, sie hatte Mattias versprechen müssen, er dürfe am Ende der Sommerferien gerne noch einmal kommen. Sonst wären gestern die ersten Tränen geflossen.

Samstag würde Frau Weber sicher wieder ihren obligatorischen Nelkenstrauß bestellen, vielleicht wäre es ganz gut Kathi und Mattias mitzunehmen. Frau Weber würde sich bestimmt freuen, die beiden kennenzulernen.

Doro hatte wieder einmal eine Idee!

Das Auto fuhr immer noch in der Landschaft herum und Kathi dachte bei sich: „Der kennt sich aber nicht aus, diesen Weg würde ich lieber nicht benutzen."

Sie war mit Kelly schon auf dem Heimweg, um sich danach wieder auf den Weg nach Köln zu machen, wo sie ihr zweites Frühstück heute nur mit Fritz als Gesellschaft verzehren würde.

Diesen Feldweg hätte ich wohl besser nicht gewählt, sie hielt den Wagen an, der drohte sich die Stoßstange kaputtzufahren, stellte den Motor ab und stieg seufzend aus.

„So ein Scheißkaff, was findet die daran wohl schön, wer kann hier wohnen wollen, hier gibt's keinen Supermarkt, kein Lokal, nichts!"

Gabi hielt sich hinter einer Apfelanlage versteckt, sie wollte nicht von Doro entdeckt werden, obwohl die sie aus dieser Entfernung sowieso nicht erkannt hätte.

Sie hatte ihre langen dunklen Haare, wie so oft, zu einem Knoten gedreht, doch dann unter einer schwarzen Baseballkappe versteckt. Diesmal trug sie Jeans und eine dunkle Jacke.

Sie hatte vorsichtshalber auch nicht ihr eigenes Auto benutzt, sondern die Beziehung zu Thorsten wieder belebt, jedoch nur, um sich seinen Opel ausleihen zu dürfen. Nach Gabis Meinung waren Männer nur zum Ausbeuten gut.

„Dieser blöde Kadett hätte ein wenig geländegängiger sein können, jetzt kann ich zusehen, wie ich aus diesem Weg wieder rückwärts herauskomme."

Sie hatte sich eine genaue Karte der Gegend besorgt, aus der ging jedoch nicht hervor wie kaputtgefahren manche Wege waren. Auf diesem hier war offensichtlich viel schweres Gerät unterwegs gewesen. Jetzt wollte sie jedoch erst einmal abwarten, bis Doro aus Hör- und Sehweite war, um keine Aufmerksamkeit zu erwecken. Gestern hatte sie sich die Gärtnerei angesehen, in der Doro arbeitete, einfach jämmerlich das Ganze.

Diesmal würde sie besser auf ihren Schützling aufpassen und früher eingreifen, damit nicht wieder etwas geschehen würde wie letztes Jahr, da hätte sie auch schon eher handeln sollen. Sie wusste noch nicht, ob es notwendig werden würde, aber für alle Fälle hatte sie sich hier umgesehen und konnte sich einen Schlachtplan ausdenken.

Sie stieg wieder ins Auto, legte den Rückwärtsgang ein und schaffte es den Wagen freizubekommen, mit viel Schwung fuhr sie zurück und walzte dabei eine Reihe Erdbeerpflanzen platt.

Donnerstag, der 31. 7. 2008

Allerhand war im Laufe der Sommerferien geschehen, Doro hatte sich überlegt, Kathi und Mattias mit Frau Weber bekanntzumachen. So hatte sie die beiden, während der Woche, als sie bei ihr eingeladen waren, einfach mitgenommen, um die wöchentliche Blumenbestellung abzuliefern. Wie immer war Frau Weber froh über Besuch gewesen und hatte sofort Kathi und Mattias ins Gespräch mit eingebunden.
Normalerweise war Doro darauf eingestellt den Redefluss abzublocken, um die Aufenthaltsdauer etwas zu verkürzen. Dieses Mal wollte sie sich jedoch darauf einlassen und als Frau Weber ihre Besucherbeute mit ins Haus zog, um auch dort ihr Blumenparadies auf der Fensterbank zu zeigen, ging sie bereitwillig mit. Sie nickte auch Kathi aufmunternd zu.
Mattias brauchte keine weitere Aufforderung, ihm reichte das Wort Schokolade, um hinter Frau Weber ins Haus zu trotten. So stand Mattias dann auch schon grinsend mit einem Riegel Schokolade in der Hand im Wohnzimmer, als seine Mutter dazukam. Doro spürte, dass ihre Idee auf fruchtbaren Boden fiel. Kathi hörte aufmerksam zu und sah sich unauffällig um.
Später wollte sie noch weitere Informationen von Doro: „Sie lebt seit dem Tod ihres Mannes ganz alleine in dem Haus? Und hat keine Kinder?"
„Die Ehe ist leider kinderlos geblieben, sehr zum Leid Frau Webers, denn sie hat Kinder gern, hast du ja bei Mattias gesehen, Viola ist früher auch öfter hingegangen. Ihr Mann ist vor acht Jahren plötzlich an einem

Herzinfarkt gestorben, seitdem lebt sie ganz allein in dem Haus. Halt nein, kurz nach seinem Tod, hatte sie die obere Etage vermietet, an ein junges Ehepaar. Die haben sich aber wohl nur gestritten und Frau Weber hat in der Zeit sehr gelitten. Die Ehe ist dann auch geschieden worden und die beiden sind wieder ausgezogen.

Seitdem brauchte man sie nie mehr darauf anzusprechen, jemanden in ihr Haus zu holen. In letzter Zeit klagt sie jedoch öfter über ihre Einsamkeit, hauptsächlich jedoch hat sie Angst vorm Altersheim, da kriegt sie bei klarem Kopf keiner rein. Ihre größte Sorge sind allerdings ihre Schwindelanfälle, sie hat Panik hinzufallen und sich die Knochen zu brechen, sich nicht mehr helfen und keinen rufen zu können."

„Das Haus hat mir gut gefallen ..."

Doro hielt sich zurück mit weiteren Argumenten, sie wollte es Kathi selbst überlassen, sich mit ihrer Idee vertraut zu machen.

Mattias war traurig, als sie wieder nach Köln fuhren, aber mit dem Versprechen, die letzte Sommerferienwoche auch bei Doro verbringen zu dürfen, konnte er sich anfreunden.

Anderthalb Wochen nach Kathis Besuch sahen sich die Frauen in der Cafeteria wieder. „Am Telefon konnte ich dir meine Idee nicht erzählen", meinte Kathi, „ich hatte Angst, du würdest mich auslachen."

„Warum sollte ich, was hast du dir ausgedacht, erzähl schon!"

„Du weißt doch, wie gut es uns bei euch gefallen hat und auch, wie gerne ich in der Waldstraße gewohnt habe. Seitdem ich diese Frau Weber kennengelernt habe und ihr Haus gesehen habe, spukt bei mir im Kopf der Gedanke herum, dass ich gerne bei ihr wohnen würde, was hältst du davon."

Doro, die damit ja gerechnet hatte, antwortete ganz ehrlich: „Genau aus diesem Grund habe ich euch doch mit zu Frau Weber genommen. Seit Monaten erzählst du mir, dass du aus Köln weg willst, auch wegen deinem Jungen, da kam mir einfach dieser Gedanke. Allerdings habe ich noch nicht mit der Hauptperson in diesem Fall gesprochen, ich wollte erst einmal deine Reaktion abwarten. Wenn du kein Interesse gezeigt hättest, hätte ich Frau Weber gar nichts gesagt. Jetzt kann ich sie darauf ansprechen, allerdings kann ich nichts versprechen, die Gute hat auch ihren Dickkopf, was sie nicht will, ist nicht!"

„Dann sei so gut und frag sie einfach, mehr als Nein sagen kann sie nicht. Ich habe zwar noch keine Ahnung, wie ich mit den finanziellen Dingen hinkommen soll, aber vielleicht findet sich eine Lösung. Gabriele wird sicherlich auch froh sein uns beide nicht mehr an ihrem Schürzenbändel hängen zu haben, sondern ihren Tagesablauf wieder nach ihren eigenen Bedürfnissen richten zu können."

Dieses Gespräch hatte während Doros letztem Großmarktbesuch stattgefunden. Inzwischen war sie bei Frau Weber auf Tuchfühlung gegangen und hatte auch hier offene Türen eingerannt.

„Natürlich kann ich mich an die junge Frau mit ihrem Sohn erinnern, ich bin ja noch nicht senil", hatte sie gemeckert und ja, sie waren ihr sehr sympathisch gewesen.

„Irgendwann werde ich nicht herumkommen, mir jemanden ins Haus zu holen, eine nette Frau, wie diese Kathi, wäre sehr schön. Allerdings hätte ich da eine Bedingung, sie muss sich um mich kümmern, wenn ich einmal nicht mehr kann. Noch kann ich mir alleine helfen, aber ich habe bei meinem Mann gesehen, wie schnell das gehen kann. Das soll die junge Frau sich gut überlegen. Mir geht es nicht um die Miete, mit meiner Rente komme ich über die Runden, was brauche ich denn noch zum Leben."

Mit dieser Information war Doro heute nach Köln gefahren, allerdings hatte sie Kathi eigentlich schon alles am Telefon berichtet, sodass sie schon Bescheid wusste. Doro wurde überschwänglich begrüßt, Kathis Augen leuchteten.
„Ich habe mich entschlossen zu Frau Weber zu ziehen, Fritz habe ich schon eingeweiht, immerhin muss er einen Ersatz für mich finden. Aber er sagt, die Saison geht erst wieder im Oktober los, bis dahin sei es ruhig und er würde mir keine Steine in den Weg legen. Er hätte nie damit gerechnet, dass ich lange bei ihm bleiben würde. Stell dir vor, er meinte, ich sei für seinen Laden überqualifiziert und ich sei in der gehobenen Gastronomie besser aufgehoben.
Mir raucht richtig der Kopf, ich freue mich so sehr, endlich werde ich auf eigenen Beinen stehen!"
„Das tust du doch jetzt auch."
„Nein, wo wäre ich ohne Gabriele, sie ist meine Stütze und wir sind für sie doch nur Ballast."
„Hast du es ihr schon gesagt?"
„Nur angedeutet, sie hat es an Seite geschoben,als

ob sie nichts davon hören wollte und dann habe ich gedacht, es reicht, es ihr zu erzählen, wenn ich alles konkret weiß. Dann erst werde ich die Wohnung kündigen.

Ach außerdem, die letzte Ferienwoche bei dir, das geht nicht, jetzt habe ich hier so viel zu erledigen, dass wir die Woche verkürzen müssen. Ich werde kommen, aber hauptsächlich, um mit Frau Weber alles abzuklären. Wenn das im Lot ist, muss ich Mattias an den Schulen ummelden, hoffentlich klappt alles."

Donnerstag, der 14. 8. 2008

Die nächsten beiden Wochen waren schnell herumgegangen, Kathi hatte viel hin und hertelefoniert, viel Stress gehabt, aber einiges erreicht. Für sie stand so gut wie fest, das sie wieder aufs Land ziehen würde. Sie hatte lange mit Frau Weber gesprochen und einen richtigen Vertrag mit ihr ausgehandelt, von dem beide Seiten profitieren sollten.

Viola hatte mit ihrer Mutter geschimpft:

„Dass du es nicht lassen kannst, Schicksal spielen zu müssen, wenn Kathi gerne wieder aufs Land ziehen möchte, würde sie sicher auch selber eine Lösung finden."

So war Doro jetzt, am frühen Morgen, tief in ihren Gedanken versunken. Es war mal wieder Großmarkttag und sie war mit ihrem Hund unterwegs. Die langen, hellen Nächte waren schon wieder vorüber und der Herbst meldete sich langsam an.

Zumindest an diesem Morgen war es noch ausgesprochen dämmerig, das klare Sommerwetter schien erst mal vorüber und wollte mit einem Gewitter enden. In der Ferne war es am Donnern und Doro zog unwillkürlich den Kopf ein.

„Gut, dass wir bald zu Hause sind, sonst werden wir noch nass", erklärte sie ihrem Hund, „komm, wir gehen etwas schneller."

Doch da fing es schon zu regnen an, Doro war froh ihre Regenjacke angezogen zu haben und zog die Kapuze über den Kopf.

Hinter ihr kam ein Auto angefahren, doch das Rascheln der Kapuze übertönte die Fahrgeräusche, sodass Doro den Wagen erst registrierte, als er schon unmittelbar hinter ihr war. Der blöde Fahrer würde schon noch abbremsen, doch der dachte anscheinend nicht daran, sondern trat statt dessen aufs Gaspedal und schoss regelrecht auf Doro zu.

Die wusste instinktiv, dass keine Zeit mehr war zum Stehenbleiben und Schauen, kalte Gänsehaut lief ihr plötzlich den Rücken hinunter und hinterließ ein Prickeln auf der Kopfhaut. Sie war schon am Fahrbahnrand, doch auch der Fahrer hatte sein Auto dorthin gelenkt und hatte noch immer unverminderte Geschwindigkeit, nein im Gegenteil, Doro spürte, dass der Fahrer statt abzubremsen, noch mehr Gas gab. Im letzten Moment rettete sich Doro mit einem Hechtsprung in die Brennnesseln, der vorbeifahrende Wagen streifte noch ihre Beine und ließ sie sehr unsanft landen. Bis sie sich wieder aufgerappelt hatte, sah sie nur noch zwei Rückleuchten und hörte Kelly, die laut kläffend hinterher am Rennen war.

Der Hund gab die Verfolgung jedoch schnell auf, da das Fahrzeug einfach zu schnell war. Hechelnd kam er zu Doro zurück und fuhr ihr mit nasser Zunge durchs Gesicht.

„Was war das für ein Idiot?" fragte sie ihren Hund, der natürlich keine Antwort geben konnte, aber schwanzwedelnd um sie herumlief und sie offensichtlich zum Aufstehen veranlassen wollte.

Vorsichtig bewegte Doro ihre Beine, zum Glück war nichts gebrochen, die Brennnesseln unter ihr hatten den Sturz abgefedert, aber dafür waren ihre Hände vollen Quaddeln. Wenn sie keine lange Jeans angehabt hätte, wäre der Sturz anders ausgegangen, selbst im Gesicht fing es sie zu jucken an. Vorsichtig versuchte sie wieder auf die Füße zu kommen und richtete sich langsam auf, stöhnend hielt sie sich ihre linke Hüfte, die hatte beim Aufprall am meisten abbekommen. Doro rieb sich mit der Hand über die schmerzenden Stellen.

„Schließlich bin ich kein junger Hüpfer mehr, hoffentlich komme ich mit ein paar blauen Flecken davon ... Zu gerne wüsste ich, welcher Vollidiot am frühen Morgen schon besoffen in der Landschaft herumfährt!"

Sie humpelte auf die Straße zurück und hatte Mühe ihre Tränen zurückzuhalten, alles tat weh, die Hand auf die Hüfte gepresst, ging Doro langsam weiter bergab. Durch ihren Kopf ging nur eine einzige Frage:

„Wer tut so etwas und warum?"

Auch Gabi hatte Mühe ihre Tränen zurückzuhalten, sie hätte noch schneller sein sollen, damit Doro gar keine Chance gehabt hätte noch ausweichen zu können. Sie hatte nicht gewagt noch weiter an den Straßenrand zu fahren, da sie nicht wusste, ob die elenden Brennnesseln nicht doch noch einen Graben verdeckten und sie wollte in gar keinem Fall mit dem geliehenen Auto in einem Straßengraben landen.

„Ich hab's vermasselt", schimpfte Gabi mit sich selber, „diese blöde, alte Kuh. Wäre ich diesen Weg doch nur zu Fuß abgegangen, dann hätte ich feststellen können, wie weit nach links ich hätte fahren dürfen, ob Graben ja oder nein."

Wütend trommelte sie mit beiden Fäusten aufs Lenkrad, Tränen liefen jetzt über ihre Wangen und sie stieß einen lauten Schrei aus. „Keiner darf mir meine Kathi noch einmal wegnehmen!"

Wie öde war die Zeit vor gut einem Jahr gewesen, als die Wohnung neben ihr plötzlich leer und verwaist war, sonst hatten sie sich fast täglich gesehen. Es hatte ihr auch gereicht zu wissen, dass Kathi da war und sie bloß an die Nachbartür klopfen brauchte.

Wie glücklich war sie gewesen, als Kathi mit ihrem Mattias wieder zurückkam und auch sie wieder brauchte. Das sollte sich nicht wieder ändern. Doch jetzt diese bescheuerten Pläne von dieser widerlichen Doro und Kathi fährt voll drauf ab.

„Ich werde wieder aufs Land ziehen, das wird auch für Mattias besser sein."

Gabi hatte immer noch Kathis Stimme in den Ohren, als sie ihr die verhängnisvolle Mitteilung machte.

„Diese Doro muss weg, hat es heute nicht geklappt, werde ich mir eine andere Lösung suchen, ich finde einen Weg! Kathi muss bei mir bleiben!"

Gabi hatte mit ihrer Trommlerei aufgehört und hatte stattdessen ihre Finger fest ins Lenkrad verkrallt, sie hatte ihre Augen geschlossen und den Kopf zwischen ihre Arme sinken lassen. Jetzt hatte sie mit ihrer Stirn versehentlich die Hupe ausgelöst und erschreckt riss sie ihren Kopf wieder hoch, um zu sehen was los war. Sie sah nichts um sich herum, keine Bewegung, nichts. Es dauerte eine Weile, bis sie registrierte, dass sie selbst gehupt hatte.

Der Vorfall brachte aber wieder Leben in sie, nach ihrer Attacke auf Doro, war sie so schnell wie möglich weggefahren, sie hatte nicht auf die Richtung geachtet, sondern war einfach auf irgendeiner Landstraße schnell zwei Dörfer weiter gefahren, um dann auf einen menschenleeren Picknickplatz zusammenzubrechen. Ihr eigener Lärm brachte sie wieder zu Verstand.

„Ich muss endlich weiterfahren. Hoffentlich hat mich hier niemand stehen sehen, kann doch sein, dass Doro Anzeige erstattet, leider kann sie das noch. Zum Glück hatte Thorsten sein Auto noch einmal herausgerückt und auf dem Nummernschild befand sich auch kein K für Köln, sondern ein DN für Düren, das würde die Spur schon nicht so schnell zu ihr führen.

„Ha, wenigstens kann ich diesen dämlichen Thorsten jetzt in den Wind schießen, der Kerl hatte tatsächlich schon Pläne im Kopf gehabt von wegen zusammenziehen und so, als ob ich mit dieser Landplage ... Aber er ist zur Zeit der einzige in meinem Bekanntenkreis, der ein unauffälliges Auto besitzt und mir die Karre nur zu gerne ausgeliehen hat, ohne großartig Fragen zu stellen. Noch einmal brauche ich mich mit dem Wagen hier nicht mehr sehen zu lassen."

Gabriele fuhr ziellos durch die Gegend, sie würde sich in irgendeiner Bäckerei etwas zu essen kaufen, es war noch entsetzlich früh. Selbst der Berufsverkehr hatte erst schleppend angefangen, nach Hause konnte sie nicht fahren, denn sie hatte Kathi einen Geschäftstermin in Brüssel vorgegaukelt und durfte frühestens abends zurückkommen.

Heute morgen würde Frau Weidenbach Mattias versorgen, wie immer, wenn sie unterwegs war. Gabriele war glücklich, dass ihr Job ihr so viele Freiräume ließ. Sie war oft bis in die Nacht auf Tour, häufig auch an Wochenenden. Aber es gab keine Schwierigkeiten, sich für Stunden und ganze Tage abzusetzen, einfach „Blau zu machen" und abtauchen. Von Zeit zu Zeit brauchte sie das.

„Mattias", dachte sie jetzt, „ich hätte ihm nie erlauben dürfen Gabi zu mir zu sagen, auch er hätte sich wie alle anderen angewöhnen können mich Gabriele zu nennen. Ich kann den Namen nicht mehr hören!"

Anfangs hatte es ihr nichts ausgemacht ,Gabi' aus dem kleinen Kindermund zu hören, doch mit den Jahren wurde seine Aussprache deutlicher und mit dem

Namen kam ein Schwall dunkler Erinnerungen in ihr hoch.

„Komm kleine Gabi, komm zu deinem Onkel Horsti – komm her und gib dem kleinen Mann ein Küsschen."

Gabriele hatte das Gefühl würgen zu müssen.

Sie war weiterhin ziellos in der Gegend herumgefahren und sah vor sich eine Bäckerei, die tatsächlich schon geöffnet hatte. Nein – sie würde jetzt keinen Bissen herunterbringen.

Warum bloß hatte ihre Mutter damals diesen Mistkerl geheiratet? Diese Frau hatte wirklich ein Geschick sich die falschen Männer rauszupicken, auch die Ehe mit ihrem leiblichen Vater war ein Drama gewesen.

Obwohl sich Gabriele kaum noch an ihn erinnern konnte, da die Ehe geschieden wurde, als sie sechs oder sieben Jahre alt war. Die Schreierei der beiden miteinander hatte sie nicht vergessen. Nach der Scheidung ihrer Eltern hatte sie ihren Vater nie wieder gesehen und auch nie wieder von ihm gehört.

Danach folgten ein paar Onkel, die in schneller Folge wechselten, sodass Gabi das Interesse verlor, sich ihre Namen zu merken. In ihrer Erinnerung waren sie alle gleich, sie waren laut und rochen oft nach Bier und Tabak.

Schon damals hatte sich Gabi vorgenommen, nie wie ihre Mutter zu werden, meistens verkroch sie sich in ihr Zimmer und wollte ihre Ruhe haben. Die hatte sie auch, bis dieser Herr Quandt kam, der unbedingt wollte, dass sie ihn „Onkel Horsti" nannte, ein lächerlicher Name.

Nach ein paar Monaten zog er bei ihnen ein. Zugegeben, finanziell ging es ihnen besser, als Horst Quandt bei ihnen wohnte, er steuerte einiges zum Lebensunterhalt bei, da er einen scheinbar gutbezahlten Job ausübte. Gabriele interessierte sich nicht für diesen Mann, der versuchte mit Geschenken und Schmeicheleien bei ihr anzukommen.

Noch ein paar Monate weiter heirateten ihre Mutter und Horst Quandt. Gabriele war mittlerweile zwölf Jahre alt und schlank wie eine Bohnenstange, das musste sie sich auch öfter von den Jungs von ihrer Schule anhören. In den Pausen hörte sie auch öfter: „Guckt mal, da kommt das Brett mit zwei Erbsen draufgenagelt." Als Anspielung darauf, das sich ihr Busen noch nicht entwickelte, wie manch anderer ihrer Klassenkameradinnen. Allerdings wusste sie, dass einige Mädchen auch pfuschten und sich einfach den BH mit Watte auspolsterten. Das kam für Gabriele nicht in- frage, ihr waren die Jungs sowieso egal, es war nur ein weiterer Grund sich noch mehr abzusondern.

Sie hatte auch keine „beste Freundin", sondern konzentrierte sich ganz aufs Lernen, sie hatte schon früh das System Wissen gleich Macht gleich Geld begriffen. Denn auch Zuhause hatten sich die Verhältnisse langsam geändert. Der liebe Onkel Horsti war nicht mehr so großzügig, sondern verlangte für alles eine Gegenleistung, zumindest wollte er umarmt und geküsst werden. Da auch er oft nach Rauch und Bier stank, tat sie ihn den Gefallen nicht, also bekam sie auch kein Taschengeld.

Eines Tages sah sie sein prall gefülltes Portemonnaie und konnte sich nicht verkneifen einen Zwanzig -

D- Markschein herauszuziehen und einzustecken, sie hoffte das Fehlen würde nicht bemerkt werden.

Doch abends als sie schon eingeschlafen war bemerkte sie jemanden in ihrem Zimmer, Onkel Horst. Er stand nackt vor ihrem Bett, sein Glied war erigiert.

„Du wirst mir jetzt einen blasen, deinen Lohn dafür hast du dir ja schon genommen."

Dabei pendelte sein Penis über ihren Gesicht herum, Gabi schmiss sich herum und presste ihr Gesicht fest auf ihr Kopfkissen.

Aber Horst riss ihren Kopf an ihren Haaren hoch und schlug ihr mit seinem Ding ins Gesicht.

„Mach das Maul auf", zischte er sie an „sonst sag ich deiner Mutter, was für eine Diebin du bist und dann schmeiß ich dich aus dem Haus, das kannst du mir glauben! Von jetzt an bist du nett zu deinem Onkel Horsti."

Von da an kam er mindestens einmal im Monat und Gabriele wusste, dass seine Drohungen keine leeren Versprechungen waren.

Sie wusste sich nicht zu helfen, zu ihrer Mutter konnte sie nicht gehen, die hatte auch unter ihren neuen Mann zu leiden. Wegen jeder Kleinigkeit bekam sie eine Ohrfeige, ob das Essen nicht schmeckte, oder nicht genug Bier im Kühlschrank lag. Er meckerte weil seine Hemden nicht richtig gebügelt waren und seine Zigaretten nicht da lagen, wo er sie suchte.

Gabis Mutter wurde immer apathischer, sie reagierte kaum noch auf all die Knüffe und Schläge, die sie erhielt. Gabis Hass wurde immer größer, manchmal hatte sie Angst, ihr Hass würde sie selbst zerstören, sie wurde immer dünner, statt langsam frauliche Formen anzunehmen blieb sie das „Brett mit zwei Erbsen drauf".

Im Laufe der Zeit gewöhnte sie sich an die Situation. Horst brachte ihr bei jedem „Besuch" ihren „Lohn" mit. Den legte sie an Seite, um irgendwann ihre Sachen zu packen und abzuhauen zu können.

Aber Gabi blieb.

Sie lernte auch seine Schwächen kennen und nutzte sie aus, sie drohte mit dem Jugendamt und Horst legte noch einen Schein drauf. Sie machte sich über sein „lächerliches Würstchen" lustig und Horst wurde wütend, bekam aber keine Erektion mehr zustande.

In dem Jahr als sie ihr Abitur mit einem Schnitt von eins-komma-acht hinlegte, hatte sie ihren Peiniger voll in der Hand, sie konnte ihn erpressen mit eindeutigem Beweismaterial, das sie angeblich sicher deponiert hatte.

Er kam auch nicht mehr zu ihr, denn statt Angst zu zeigen, ließ sie ein paar abfällige Bemerkungen über seine Männlichkeit fallen und er konnte nicht mehr ...

Gabis Mutter war nur noch ein Schatten ihrer selbst, ihre Haare waren strähnig, grau und ungepflegt, den ganzen Tag lief sie in ihrer Kittelschürze herum.

Sie kochte nur selten und wenn, dann war das Essen völlig geschmacklos, meistens saß sie vor dem Fernseher und ließ sich berieseln.

Gabriele, die bemerkte, dass ihre Stärke im Kaufmännischen Bereich lag, machte eine Ausbildung zur Industriekauffrau, sobald sie es sich leisten konnte, nahm sie sich ein kleines Zimmer und zog Zuhause aus.

Natürlich nicht, ohne ihrem Onkel Horsti vorher klarzu-machen, dass sie ihn immer noch in ihrer Hand hielt.

Als sie auszog hatte sie von sämtlichen Schlüsseln der elterlichen Wohnung Duplikate anfertigen lassen.

Ordentlich hatte sie jeden einzelnen Schlüssel mar-kiert, um später zu wissen, was sich damit aufschlie-ßen ließ. Ebenso hatte sie den kompletten Schlüssel-bund ihres Stiefvaters an sich genommen und Schlüssel nachmachen lassen, von denen sie nicht einmal wusste, worauf sie passen würden. Dieses Schlüsselsammeln wurde zu Gabis Hobby, jeden Schlüssel, den sie bekam, brachte sie weg, um sich einen Nachschlüssel anfertigen zu lassen.

Wobei sie genau darauf achtete, immer wieder zu ver-schiedenen Werkstätten oder Geschäften zu gehen und die Schlüssel nur dann an sich nahm, wenn deren Fehlen nicht sofort bemerkt würde, oder nicht auf sie zurückfallen würde. Alle Nachschlüssel wurden mar-kiert und sorgfältig versteckt aufbewahrt.

Ansonsten kümmerte sie sich nur um ihre Karriere, sie war äußerst zielstrebig, beliebt und gefürchtet zugleich und galt als eiskalt. Jeder, der mit ihr Freundschaft schließen wollte, biss auf Granit, sie konnte keine Nä-he ertragen, egal ob männlich oder weiblich.

Mit ihrem Stiefvater hatte sie ihrer Mutter wegen, noch mehr zu tun, als ihr lieb war. Der Zustand von Frau Quandt wurde zusehends schlechter, an ihren schlimmen Tagen steckte sie die Hausschuhe in den Kühlschrank, den Käse ins Bett und erzählte wirres Zeug.

Manchmal erkannte sie ihren Mann nicht mehr und sie ging in ihrer Erinnerung mehr und mehr in ihre Jugendzeit zurück. Sie sprach von Dingen, die angeblich erst gestern geschehen waren, die sich tatsächlich jedoch schon vor dreißig Jahren zugetragen hatten. Gabriele, die inzwischen vor ihrem dreißigsten Geburtstag stand, wurde wieder zu ihrem kleinen Baby. Gabriele gab die Schuld am Zustand ihrer Mutter deren Männer, die sie alle nur ausgenutzt und auch geschlagen und gedemütigt hatten.

Am schlechtesten kam Horst Quandt in ihrer Bilanz davon, das sagte sie ihm auch, und brachte bei dieser Gelegenheit wieder zum Ausdruck, wie sehr sie ihn vernichten könnte, wenn sie nur wollte. Trotz allem trafen sie beide die Entscheidung, die Mutter in ein Pflegeheim zu geben.

„Ihre Mutter ist demenz", war die Diagnose, „das kann jedem passieren, normalerweise jedoch nicht mit knapp sechzig Jahren, aber wie sie sehen, Ausnahmen bestätigen die Regel."

„Der Arzt schien sich wohl auch noch witzig vorzukommen", dachte Gabi und gab trotzdem in erster Linie ihrem Stiefvater die Schuld am Zustand seiner Frau.

Ihren runden Geburtstag feierte Gabriele ganz alleine und schenkte sich selbst die neue Wohnung in Köln, in der Nähe des Rathenauplatzes. Die hatte sie sich jetzt verdient, befand Gabi, sie war auf der Karriereleiter recht gut vorangekommen und hatte ein schönes Einkommen.

Die Wohnung war großzügig geschnitten, zumindest für eine einzelne Person, sehr hell mit einem schönen Balkon, auf den zu ihrem größten Vergnügen kein

Mensch Einsicht hatte. Das beste jedoch war die Lage, sie war ruckzuck in der Innenstadt, oder in Parks und hatte trotzdem keine Lärmbelästigung.

Zu festen Beziehungen war sie jedoch noch immer nicht fähig, es gab den ein oder anderen Freund in ihrem Leben, der jedoch nur interessant war, solange er irgendwelche Vorteile brachte. Gabis Schlüsselsammlung wuchs.

Mit Frauen hatte sie noch weniger am Hut, die hatten selten Einfluss auf ihre Karriere und so interessierte sie sich in erster Linie für den männlichen Teil der Familie, der einige Zeit nach ihr, in der Wohnung gegenüber ihrer, einzog.

Dirk war ein attraktiver Mann, der altersmäßig besser zu ihr, als zur zierlichen Kathi passte, die zu dieser Zeit hochschwanger war. Gabi wusste ihre Reize einzusetzen und war sich sicher, auch Dirk Kleinschmidt früher oder später soweit zu kriegen, dass er ihr aus der Hand fressen würde.

Doch plötzlich tat ihr seine Frau leid, die so ganz offensichtlich an das Gute in ihr glaubte. Das war der Beginn ihrer Freundschaft, die Gabi in Laufe der Jahre wichtiger wurde, als alles andere in ihrem Leben.

Auch der kleine Mattias war außerordentlich faszinierend für sie, so klein und hilflos. Sie übernahm gerne Babysitterdienste und studierte die kleinen Fingerchen, die nach allem griffen und die Mimik des Gesichtchens beim Schlafen.

Als er größer wurde und zum ersten Mal Gabriele aussprechen wollte, kam ein solch unverständliches Kauderwelsch dabei heraus, dass sie ihm erlaubte, einfach nur Gabi zu sagen. Das durfte sonst keiner, da es sie zu sehr an die furchtbaren Besuche ihres Stiefvaters erinnerte. Aber es war ein Fehler gewesen, auch der kleine Mattias hätte irgendwann den richtigen Namen auszusprechen gelernt.

Mattias! Plötzlich kam wieder Leben in Gabriele, sie hatte mal wieder eine Idee. Ihre ziellose Fahrerei hatte sie tief in die Eifel gebracht, irgendwie kamen ihr die Ortsnamen plötzlich vertraut vor, hier war sie doch schon einmal gewesen. Vor langer Zeit – Friedhelm, hieß ihr damaliger Lover, oder ihr Opfer, je nach Sicht der Dinge. Der besaß doch diese Jagdhütte mitten im Wald, hatte sie da nicht auch einen Zweitschlüssel von in ihrem Besitz?

Wo sie einmal gewesen war, fand sie auch immer wieder hin und tatsächlich, bald stand sie vor der alten Hütte, die diesem Friedhelm damals als Liebesnest diente. Sie sah verlassen aus und schien auch schon längere Zeit nicht benutzt worden zu sein.

Gabi stieg aus dem Wagen aus und erkundete die Gegend, es hatte sich nichts geändert, außer, dass alles etwas heruntergekommen wirkte. Friedhelm hatte sie damals geärgert, als sie etwas schroff auf ihn reagiert hatte.

„Ich lass dich einfach hier und schließ die Türe ab, das Schloss ist sicher, hier kommt fast nie jemand her und wenn du doch raus kommen solltest, verläufst du dich im Wald."

Gabi ging wieder zum Wagen, stieg ein, ließ den Motor an und fuhr langsam wieder zurück. Ihr nächstes Ziel war jetzt ihre Wohnung in Köln und sie musste dort sein, bevor Kathi von ihrer Arbeit zurück war, ein

Blick auf die Uhr zeigte, dass das durchaus zu schaffen war.

Als sie einige Dörfer passiert hatte, hielt sie an einer Bäckerei an und kaufte verschiedene Brötchen und Teilchen ein. Jetzt konnte sie endlich etwas essen, sie verspürte plötzlich auch, welchen Bärenhunger sie eigentlich hatte.

Die Strecke nach Köln zog sich länger hin, als sie gedacht hatte, scheinbar endlos schlängelte sie sich durch zahlreiche Dörfchen, durch Täler und über Höhen.

Gabi hatte jedoch keinen Blick dafür, sie war froh das Hinweisschild für die Autobahn zu finden, um endlich auf der A 61 schneller voran zu kommen. Das Auto parkte sie nicht vor ihrem Haus, sondern um zwei Ecken weiter. Ein Blick auf ihre Armbanduhr verriet ihr, dass Kathi gerade in diesem Moment Feierabend haben sollte, zum Glück würde sie für ihren Heimweg fast eine halbe Stunde brauchen.

„Gut", dachte Gabi, „das sollte reichen."

Sie blickte sich vorsichtig um, um keinem Mitmieter oder Nachbarn über den Weg zu laufen, am Haus angekommen, schloss sie sich schnell die Türe auf und ging zu ihrer Wohnung.

„Schön langsam", ermahnte sie sich, „bloß keine Hektik aufkommen lassen."

Vor ihrer Wohnungstür blieb sie stehen und hielt die Luft an, um die Geräusche im Haus besser hören und einschätzen zu können. Es war alles ruhig. In ihrer Wohnung ging sie direkt in ihrem Schlafzimmer zu ihrem Geheimfach, das im Sockel ihres geräumigen Kleiderschrankes versteckt war. Das Fach war voller erbeuteter Schlüssel, die schön ordentlich nach Zeit sortiert waren, so brauchte sie nicht lange zu suchen, um schon bald das Schildchen „Jagdhütte Friedhelm" mit dem dazu passenden Schlüssel in der Hand zu halten. Ein triumphierendes Lächeln ging über ihr Gesicht.

„Hoffentlich hat der Blödmann das Schloss nicht ausgewechselt, aber warum sollte er? Der hat den kurzzeitigen Verlust seines Schlüssels garantiert nicht bemerkt.

Dirk hatte es damals bemerkt und gehandelt, der war cleverer, hat ihm aber auch nichts genutzt. Ich bin die allercleverste!"

Gabi nahm eine Sporttasche, schmiss noch schnell ein paar Teile, die ihr einfielen und brauchbar sein könnten hinein und verließ schnell und lautlos Wohnung und Haus.

Ein nächster Blick auf die Uhr sagte ihr, dass sie zum nächsten Punkt noch knapp eine halbe Stunde Zeit hatte, gemütlich schlenderte sie zum Auto und warf die Tasche auf den Rücksitz. Innerlich war sie jedoch am Zittern, dieser Plan durfte jetzt nicht schief gehen wie heute morgen. Es kam jetzt darauf an, Mattias geschickt von der Schule abzufangen, ohne irgendwie aufzufallen.

Gabi atmete tief ein, hielt die Luft kurz an und atmete ganz langsam wieder aus, ihre bewährte Technik zum Beruhigen.

Am besten würde sie rüber zum Rathenauplatz gehen, von dort konnte man am unauffälligsten die Schule beobachten, auch ohne Risiko von Kathis Wohnung aus gesehen zu werden. Sie setzte sich auf eine

Parkbank und versuchte gelangweilt auszusehen, dabei hielt sie das Schulportal unauffällig im Auge.

Darin hatte sie Übung, letztes Jahr hatte sie Dirk, Kathi und Mattias drei volle Tage lang beobachtet, ohne aufzufallen. Sie hatte einen genauen Plan erstellt, mit allen Gewohnheiten der Familie Kleinschmidt im Urlaub, sie wusste, dass Dirk eine Wasserratte war und für sein Leben gerne schwimmen ging.

Ein anderer Urlaub als am Meer, wäre für ihn auch nicht infrage gekommen.

Er selbst hatte ihr davon vorgeschwärmt. Außerdem war das die einzige Gelegenheit des Tages, wo er sich länger von seiner Familie entfernte. Das war die Schwachstelle, auf die Gabi gehofft und gewartet hatte, als sie letztes Jahr im Sommer ihrer Freundin hinterhergereist war.

Kathi hatte sie freundlicherweise immer auf dem Laufenden gehalten. Sie hatte von der Renovierung des neuen Hauses berichtet und auch davon, dass sie sich noch einen Urlaub auf Mallorca gönnen würden, bevor der Alltagsstress wieder losgehen würde. Kathi konnte nicht ahnen, dass Gabi mit jedem ihrer Telefonate immer verbitterter wurde, ihre Gefühle jedoch, wie immer, nach außen, unter Kontrolle hatte.

Sie fragte nur ganz beiläufig nach dem genauen Reiseziel, anfangs tatsächlich nur der Höflichkeit halber. Bei der Antwort Camp de Mar, jedoch, klickte es in Gabis Hirn, das war doch in der Nähe von Antratx, dorthin hatte sie auch schon einer ihrer Ex-Lover mitgenommen, der ihr dann ganz stolz sein Haus vorgeführt hatte.

Das Haus hatte zwischen Camp de Mar und Port de Antratx gestanden, wunderbar abgelegen, mit einem kleinen Bootshaus direkt am Meer. Auch hier hatte sie Gelegenheit gehabt Nachschlüssel machen zu lassen, auch vom Bootshaus und sogar von dem kleinen Motorboot, mit dem sie aufs Meer hinaus gefahren waren zum Schwimmen. Axel hieß der Kerl damals, hatte ihr sogar lachend gezeigt, wie sie mit dem Boot umzugehen hatte.

„Ja", dachte Gabi jetzt, „Axel lachte gerne."

Da konnte er seine weißen Zähne zeigen, die im Kontrast zu seiner braunen Hautfarbe standen. Er war ein Bodybuilding–Typ gewesen, drei mal die Woche Mucki-Bude war Pflicht, die Mädchen flogen auf ihn.

Gabi gefiel seine unbekümmerte Art, sie ließ sich ein halbes Jahr lang umwerben, bekam jedoch schnell heraus, dass sie nicht die einzige war und gab Axel den Laufpass. Ihre Beute bestand aus mehreren Schlüsselbunden und vielen Erinnerungen, die einen faden Nachgeschmack hatten.

Als sie nun von Kathis Urlaubsplänen erfuhr, kam ihr natürlich dieses Haus wieder in den Sinn und sie wusste auch, dass Axel in den Sommerferien nicht dort sein würde, seine Zeit waren das Frühjahr und der Herbst. Im Sommer hatte er ihr erklärt, seien nur Familien mit Kindern auf „Malle" und das ganze Meer käme ihm wie eine große Badewanne vor, in die alle Pippi machen dürften.

Sie hatte Glück, sie fand das Haus tatsächlich leer vor, als sie ein paar Tage nach Kathi die Insel erreichte. So konnte sie in Ruhe die Gepflogenheiten der Familie Kleinschmidt ausspionieren und Vorbereitungen für ihren Plan treffen, Dirk zu beseitigen. Sie hatte zwei dicke unförmige Steine besorgt, die sie gerade noch heben konnte und hatte an jeden Stein ein Hanfseil gebunden.

Die Steine hatte sie in das Motorboot gelegt und am letzten Tag des Urlaubs der Familie Kleinschmidt fuhr sie gegen siebzehn Uhr los. Im großen Bogen umfuhr sie die Bucht von Camp de Mar, um langsam aus südöstlicher Richtung wieder darauf zuzuhalten, dabei hatte sie eine kleine Bucht gefunden, in der sie auf Dirk warten konnte.

Es war völlig ruhig, die Geräusche der Urlauber drangen nicht bis hierher und der Hang über ihr war nur von einigen Promis bewohnt, die wahrscheinlich auch nicht die Sommerferien als Aufenthaltszeit bevorzugten. Sie ließ das Boot auf den Wellen dümpeln und tat, als würde sie die Sonne genießen.

Kaum einer schwamm so weit raus, wie Dirk. Der müsste jetzt langsam erscheinen, wenn er nicht ausgerechnet am letzten Urlaubstag eine Programmänderung vorgenommen hat, könnte ja auch noch sein!

Gabi wurde unruhig.

Da kam ein einsamer Schwimmer in ihren Blickwinkel, er kam aus der Badebucht und schwamm weiter in Richtung offenes Meer, bald würde er umkehren, genau wie jeden Abend. Gabi war ganz aufgeregt, sie wollte den Außenborder nicht anlassen, um niemanden unnötig auf sich aufmerksam zu machen. Jetzt machte Dirk so etwas wie einen zappeligen Purzelbaum im Wasser, um die Richtung zu ändern und schwamm auf dem Rücken liegend zurück.

„Oh nein, scheiße", dachte Gabi, „so kann er mich doch gar nicht sehen."

Es blieb ihr also nichts anderes übrig, als sich laut winkend und rufend im Boot aufzusetzen.

Dirk brauchte einen Moment, um zu merken, dass er gemeint war, und drehte sich wieder in Bauchlage.

„Gabriele!" Ungläubig blickte er zu ihr und kam langsam näher.

„Was machst du denn hier?"

„Urlaub, was denn sonst, ist das nicht herrlich hier."

Dirk war jetzt recht nahe heran gekommen.

„Warum hast du nichts gesagt, dass du auch hier Urlaub machen willst?"

Dirk hatte während des Sprechens Wasser geschluckt und musste husten, hilfreich streckte Gabi eine Hand über den Bootsrand, die Dirk ergreifen wollte. Im gleichen Moment zog sie die Hand zurück und hatte mit der anderen Hand ein Stück Hanfseil genommen, das sie jetzt schnell um seinen Hals geschlungen hatte. Ungläubig sah Dirk zu ihr auf.

Statt zu helfen zog sie den Strick zu und versuchte gleichzeitig seinen Kopf unter Wasser zu drücken. Dirk wehrte sich verzweifelt, er brustete, schlug um sich und schluckte immer mehr Wasser. Gabi ließ nicht nach, mit mehr Kraft, als man ihr zugetraut hätte, hielt sie das Seil straff.

Sie dachte an ihren Stiefvater und an alles, was er ihr angetan hatte, das ließ sie durchhalten. Dirks Kampf erschien ihr endlos, doch irgendwann erschlaffte er und sie konnte das Seil lockern und band es an der Bootsseite fest. Jetzt musste sie seine Füße erwischen, um die dicken Steine daran festzubinden.

Das Boot schaukelte gefährlich bei dieser Aktion. Zum Glück hatte sie die Seile lang genug gelassen, sodass sie gut vom Boot aus arbeiten konnte. Als sie beide Tauenden um die Knöchel verknotet hatte, ächzte sie beide Wacker über die Bootswand ins Wasser. Das andere Seil um den Hals hielt den Körper jetzt noch am Boot, sie startete den Motor und nahm Kurs nach Süden, ins offene Meer.

Als sie meinte weit genug gefahren zu sein und auch kein anderes Boot oder Schiff in ihrer Nähe sah, kappte sie das eine Seil und sah Dirks Körper hinterher, der in die Tiefe glitt.

Sie brachte das Boot zurück, versuchte so gut sie konnte ihre Spuren und Fingerabdrücke zu beseitigen und ging zu Fuß nach Port Antratx. Hier nahm sie ein Taxi zum Flughafen und kam gegen Mitternacht wieder in Köln an.

Zum Glück hatte sie schon Dirks Auto ausfindig gemacht, sie hatte Kathi telefonisch einen schönen Urlaub gewünscht und die Anrufzeit so gewählt, dass sie sie noch während des Eincheckens erreichte. Ganz beiläufig erwähnte sie das günstige Parken im Parkhaus und erfuhr so, dass Dirk leider auf Parkplatz Nord parken musste.

So wusste sie wenigstens, wo sie zu suchen hatte, als sie Montagnachmittags auf dem großen Platz herumfuhr, um den Audi der Familie Kleinschmidt zu finden. Eigentlich kam ihr der offene Parkplatz gelegen, da war das Überwachen schwieriger. Ohne zu zögern fand sie jetzt Dirks Wagen wieder. Sie startete das Auto mit ihrem Nachschlüssel und fuhr los in Richtung Eifel.

Gabi war hundemüde, das Schlafen im Flugzeug war ihr diesmal nicht möglich gewesen, sie musste sich eine kleine Mütze Schlaf gönnen, um den Rest ihres Planes nicht zu vermasseln. Als sie nun ein ruhiges, verstecktes Plätzchen fand, fielen ihr fast von selbst die Augen zu und sie schlief länger, als sie eigentlich wollte. Es fing schon an hell zu werden, als sie aufwachte.

In ihrem kleinen Gepäck hatte sie die nötigen Teile, um sich selbst in Dirk zu verwandeln. Das sollte nicht schwierig sein, denn Dirk trug in seiner Freizeit grundsätzlich nur schwarze Kleidung und eine Baseballkappe.

So war es für Gabi einfach, schwarze Jeans, leichte schwarze Jacke und ihre Haare zu einem Knoten gedreht unter der Kappe versteckt, von weitem konnte man sie verwechseln, falls sie jemand sehen sollte. Ihre beiden Größen waren auch fast identisch, so war es nicht zu verwundern, dass Kathis Nachbarin später steif und fest behaupten konnte, Dirk gesehen zu haben.

Eigentlich hatte Gabi vorgehabt, noch nachts bei Dirks Haus in der Waldstraße anzukommen, um in diesem verhassten Haus ein Feuer zu legen. Mit dem Auto und dem veränderten Aussehen würde sie nicht gestoppt werden, Frechheit siegt, sagte sie sich und Kathi kommt wieder zu mir.

Den Waffenschrank wollte sie plündern, um eine andere Spur zu legen, die Waffen selbst wollte sie in einen tiefen See versenken, sie mochte keine Schießwaffen. Zum Glück hatte sie damals Dirks kompletten Schlüsselbund ergaunern können.

Nachdem Dirk den, wenn auch nur kurzzeitigen Verlust, bemerkt hatte, hatte er die Schlüssel für seinen Waffenschrank in einem Schließfach deponiert. Ihm war der Gedanke schrecklich, dass Mattias den Schlüssel zum Spielen genommen hätte, sicherlich hätte der dann auch probiert worauf die verschiedenen Schlüssel passen.

Gabi musste schmunzeln, als sie damals von Kathis Verdacht gehört hatte, hatte sie den Schlüsselbund unauffällig in eine Kiste mit Mattias Spielzeug gleiten lassen.

Jetzt hatte sie ihren Nutzen, mit schwerem Schritt ging sie auf das Haus zu, öffnete die Türe und ging sofort an den Waffenschrank. Die Gewehre kamen in einen Sack, die Pistole jedoch, eine handliche Lugger, schob sie in ihre Jackentasche.

Das Feuer legte sie im Wohnzimmer, nahe des Kamins, sie verteilte ein ganzes Paket Trockenspiritus und legte die Zeitungen, die sie finden konnte, so, dass das Feuer genug Nahrung bekam. Dazu kam der dicke Berber Teppich und die Holzdielen, das dürfte reichen. Ihre Aktion war gut überlegt gewesen und hatte nur fünf Minuten gedauert, bis sie mit dem Sack unter dem Arm das Haus wieder verließ.

Jetzt war sie ärgerlich so lange geschlafen zu haben, sie musste doch noch die Waffen in dem See versenken und das Auto wieder zum Flughafen zurückbringen, auf den Parkplatz, den sie in der Zwischenzeit mit ihrem eigenen Wagen reserviert hatte.

Schließlich wollte sie auch wie jeden Sonntag ihre Mutter im Pflegeheim besuchen. Das war gleichzeitig auch so wie ein Alibi für sie, denn sie kam sonst jeden Sonntagmorgen direkt nach dem Frühstück.

Zum Glück nahm es dort keiner mit der Zeit sehr genau und ihre Mutter selbst hatte gar kein Zeitgefühl mehr.

Ungesehen kam sie, drei Stunden später, an der Pforte vorbei, bis ins Zimmer ihrer Mutter. Hier hielt sie sich kurze Zeit auf und stellte fest, dass ihre Mutter wieder einmal einen ihrer schlechteren Tage hatte, sie erkannte ihre eigene Tochter nicht.

Gabi richtete es so ein, dass sie beim Verlassen einer Schwester über den Weg lief, mit der sie kurz über den Geisteszustand ihrer Mutter sprach.

„Es ist schön, wie sie jeden Sonntag zu Besuch kommen, obwohl ihre Mutter es wahrscheinlich schon zwei Minuten später vergessen hat", bestätigte die Schwester und würde sich später hoffentlich an das Gespräch erinnern, wenn es notwendig werden würde.

Natürlich war sie später von der Kripo befragt worden, aber da kein Verdacht auf sie fiel, war ihr knappes Alibi ausreichend.

Gabriele war total in ihren Gedanken versunken gewesen, sodass sie beinahe den Schulschluss versäumt hätte, zum Glück stürmten die Schüler mit lautem Geschrei aus dem Gebäude heraus. Sie musste jetzt nur Mattias herausfischen, da hinten kam er ja schon, zum Glück alleine. Er ließ den Kopf hängen und wirkte traurig.

„Hei Kumpel, du siehst traurig aus, komm wir gehen ein Eis essen. Deine Mutter hat angerufen, bei ihr wird

es heute später werden und sie hat mich gebeten, dich bis dahin etwas aufzumuntern."
„Ein Eis – Klasse, wo gehen wir hin? Zum Venezia bitte, da schmeckt es am besten."
Mattias war sofort Feuer und Flamme.
„Ich habe noch eine andere Idee, dazu müssen wir zwar ein wenig fahren, aber dort wird es dir auch gefallen."
Gabi nahm Mattias in die Hand und schob ihn in die Richtung entgegen seines Heimweges.

Doro war an diesem Donnerstag nicht arbeiten gegangen, sie hatte Krauses von dem Vorfall erzählt und die meinten, sie müsse unbedingt Anzeige erstatten und auf jeden Fall zum Arzt gehen, um sich untersuchen zu lassen. Der Arzt konnte außer etlichen Prellungen und Schürfwunden nichts feststellen und Doro, die fast den ganzen Vormittag mit den Untersuchungen verbracht hatte, wollte jetzt nicht auch noch auf dem Polizeirevier sitzen und eine Anzeige erstatten.
Das ganze ging ihr inzwischen einfach nur auf die Nerven, sie wollte nach Hause, wo ihr Hund schon auf sie wartete und ihre schmerzenden Glieder schonen.
Ihrem Mann hatte sie direkt morgens schon von dem Unfall berichtet, er hatte versprochen so früh wie möglich nach Hause zu kommen, was jedoch nicht vor Mittag sein konnte. Aber wenigstens würde er ihr die nächste Runde mit Kelly abnehmen können.
So konnte sich Doro endlich auf ihrem Sofa ausstrecken, etwas lesen und darüber einschlafen. Bert war

gekommen wie versprochen und hatte Kelly versorgt, Viola war auch wie fast jeden Donnerstag mit ein paar Stücken Kuchen erschienen. Doro fühlte sich richtig wohl im Kreis ihrer Familie, sie war dankbar, dass sie sich jetzt um nichts kümmern brauchte und ließ sich gerne etwas verwöhnen.

„Das hast du auch verdient Mama", meinte Viola, „dafür sind wir doch da."

Als das Telefon klingelte ging Bert ran und gab es an Doro weiter.

„Deine Freundin Kathi ist dran."

Doro nahm den Hörer ab und redete sofort los: „Hallo Kathi, entschuldige, dass ich heute morgen ...“

Doch Kathi unterbrach sie und fiel ihr ins Wort: „Halt Doro, ich suche Mattias, ist er vielleicht bei euch, ihr seid meine letzte Hoffnung!"

„Nein, warum sollte Mattias bei uns sein?"

„Er ist heute Mittag nicht von der Schule nach Hause gekommen, ich habe schon mit seinen Schulkameraden und der Lehrerin gesprochen, da ist er nicht und keiner hat ihn gesehen oder weiß, wo er sein könnte." Kathi rasselte die Worte aufgeregt durchs Telefon.

„Wo kann er denn auf diesem kurzen Schulweg hingekommen sein? Was ist denn mit Gabriele, hast du sie schon gefragt?"

„Nein, aber sie ist doch schon seit gestern auf einem Meeting in Brüssel. Heute morgen ist Mattias von Frau Weidenbach versorgt und auf den Schulweg geschickt worden. In der Schule angekommen ist er ja auch, dort muss er allerdings wieder einmal Ärger mit seiner Lehrerin, dem alten Knochen, wie er immer sagt, gehabt haben.

Bei ihr muss er sich nach der Stunde über eine ungerechte Behandlung beschwert haben, daher sei er als letzter seiner Klasse aus dem Schulgebäude gekommen.

Die Schulkameraden, die ich gefragt habe, mit denen er schon mal zusammen ist, die wissen alle von nichts. Keiner hat ihn nach der Schule noch einmal gesehen, oder hat aufgepasst, wohin er gegangen ist. Weil er mal wieder mit dieser Lehrerin Stress hatte, war meine letzte Hoffnung, dass er zu dir und Viola gefahren sein könnte. Jetzt weiß ich nicht, wen ich noch fragen könnte."

„Da wirst du wohl zur Polizei gehen müssen."

Am anderen Ende der Leitung war jetzt deutlich zu hören wie Kathi mit ihren Tränen zu kämpfen hatte.

„Ja, ich weiß, das ist meine letzte Hoffnung."

Viola und Bert hatten dem Gespräch soweit folgen können und Viola meinte jetzt leise: „Ich glaube, ich sollte zu ihr hin fahren."

„Ich komme mit", sagte Doro etwas lauter, so dass es auch Kathi hören konnte.

„Was sagtest du", fragte die jetzt aber.

„Ich sagte, wir kommen zu dir, Viola und ich!"

„Mama, du kannst doch nicht!"

„Selbstverständlich kann ich, ob ich hier herumsitze oder dort, wo ist der Unterschied und Kathi braucht jemanden bei sich." Ins Telefon wiederholte sie dann: „Pass auf, du rufst jetzt die Polizei an und wir beide machen uns auf den Weg zu dir."

In Köln angekommen trafen sie auf eine total verzweifelte Kathi.

„Stellt euch vor, die Polizei sagt, sie könne noch nichts unternehmen, Mattias sei sicherlich, zu einem Schulfreund gegangen und würde sich schon wieder einfinden. So etwas würde täglich vorkommen und wenn sie jeder Suchmeldung sofort nachgingen, hätten sie nichts anderes zu tun. In den allermeisten Fällen würde sich alles von selbst klären. Wenn er abends allerdings noch nicht wieder aufgetaucht sei, solle ich mich wieder melden."

„Hast du nicht gesagt, dass die Sachlage bei dir etwas anders liegt, weil dein Mann auch schon über ein Jahr lang verschollen ist?", wollte Viola wissen.

„Du hättest mit dem Kommissar sprechen sollen, der seinen Fall bearbeitet."

„Ja, das wollte ich gerne, aber Herr Bitzen hatte frei, oder war nicht erreichbar, ich denke schon, dass er anders reagiert hätte."

Es klingelte in diesem Moment an der Wohnungstüre und Kathi schoss hinüber, um zu öffnen, eine ältere Dame trat ein. Kathi stellte Frau Weidenbach Doro und Viola vor.

„Frau Weidenbach hat heute morgen dafür gesorgt, dass Mattias etwas frühstückt und rechtzeitig zur Schule kommt, das macht sie immer so, wenn Gabriele unterwegs ist."

„Ich hatte gehofft, sie hätten mittlerweile etwas von ihrem Sohn gehört," meinte Frau Weidenbach, die sich seufzend auf einen Stuhl niedergelassen hatte, „was sagt denn Gabriele dazu, hat sie vielleicht etwas erfahren?"

„Wieso Gabriele, die ist doch noch gar nicht zuhause."

„Ich dachte, ich hätte sie am späten Vormittag kommen hören, eine zeitlang bevor sie gekommen sind, Kathi."

Zu Doro gewandt meinte sie: „Wissen sie, ich wohne unten in der Parterrewohnung, eigentlich höre ich immer, wenn jemand rein oder raus geht, allerdings schaue ich nicht hinterher wer das jetzt gerade war, so neugierig bin ich nicht. Doch im laufe der Jahre lernt man die Menschen auch an ihren Geräuschen kennen, jeder hat seine Eigenheiten und heute Vormittag habe ich gedacht Gabriele gehört zu haben, aber selbstverständlich kann ich mich auch irren."

Viola setzte sich in Bewegung.

„Wisst ihr was, ich gehe einfach mal rüber und klingele bei ihr, dann wissen wir mehr."

Viola ließ alle Türen hinter sich offenstehen, so konnte man das Klingeln sogar bis in Kathis Küche hören, in der sich die Frauen versammelt hatten. Als sich nach normalem Klingeln nichts regte, hielt Viola den Daumen feste auf dem Knopf gedrückt.

„Nein", meinte sie als sie zurückkam, „das sollte sie gehört haben, entweder ist sie nicht zuhause, oder sie will nicht öffnen."

„Warum sollte sie das tun", fragte Kathi, „wenn bei mir hier alles ruhig ist, kann ich sie nebenan hören, wenn sie in ihrer Wohnung herumwerkelt und heute war es absolut ruhig und ich habe nichts gehört. Außerdem ist sie eine echte Freundin, die mir sofort helfen würde, wenn sie wüsste, was geschehen ist."

Die Frauen sahen sich ratlos an, keine wusste etwas zu sagen, so war jeder dankbar, als das Läuten des Telefons die Stille unterbrach.

Kathi nahm ab und meldete sich, alle hielten den Atem an, als sie erleichtert sagte: „Herr Bitzen!", sie erklärte jedoch nur die Sachlage, die bekannt war und legte dann wieder den Hörer auf.

„Gott sei Dank", erklärte sie den anderen, „Herr Bitzen hat von seinen Kollegen von Mattias'Verschwinden Bescheid bekommen und will sehen, was er unternehmen kann."

Doro rutschte auf ihrem unbequemen Küchenstuhl herum, jetzt verfluchte sie sich doch innerlich nach Köln gefahren zu sein, denn außer gemeinsam zu warten, konnten sie nichts tun. Sie sehnte sich nach ihrem gemütlichen Sofa, einigen Kissen in den Rücken und ihrer derzeitigen überaus spannenden Lektüre.

Frau Weidenbach schien ähnliche Gedanken gehabt zu haben, denn sie stand auf und verabschiedete sich von Kathi. „Wenn sie mich brauchen sollten, wissen sie ja wo sie mich finden."

Nein, schalt sich Doro, dann würde Kathi ganz alleine hier herumsitzen und die Ungewissheit ertragen müssen. Sie reib sich über ihre schmerzende Seite und verlagerte ihre Sitzposition.

„Was ist mit dir los", fragte Kathi jetzt, „hast du Schmerzen, du warst ja heute morgen auch gar nicht im Großmarkt, über all meinen Trubel hatte ich das ganz vergessen."

„Irgendjemand wollte meine Mutter heute morgen aus dem Weg räumen", antwortete Viola für sie, „sie hat die ganze linke Seite geprellt."

Doro wollte beschwichtigen, „das war sicherlich unbeabsichtigt."

„Das glaubst du doch selber nicht, Mama, das war ein Mordversuch! Wer fährt denn sonst morgens um fünf durch unsere Felder, wenn es noch fast dunkel ist, unsere Obstbauern sind so früh nicht unterwegs."

Kathi hatte mit großen Augen zu Mutter und Tochter geschaut.

„Wie jetzt Doro, was war passiert? Jemand wollte dich umbringen? Bitte erzähl mir was geschehen ist."

Doro berichtete ihrer Freundin von ihren Erlebnissen am frühen Morgen.

„Und wir sitzen hier auf den ungemütlichen Küchenstühlen," schimpfte Kathi, „warum hast du nicht schon eher etwas gesagt, kommt Kinder, wir gehen jetzt ins Wohnzimmer, Doro kommt aufs Sofa und soll es sich dort bequem machen."

Die Damen zogen um und Doro durfte sich endlich strecken und die Beine hochlegen. Kathi öffnete die Balkontüre, damit etwas frische Luft ins Zimmer hineinwehen konnte. Viola hatte auf Kathis Wunsch hin jedem ein Glas mit kühlem Wasser eingeschenkt.

„Das tut gut", meinte Doro, „man merkt doch, dass man älter wird. Die Knochen werden steifer und machen nicht mehr jeden Firlefanz mit."

Man sah Viola an, dass sie gerne einen Kommentar dazu abgegeben hätte, doch in diesem Moment fing Doros Handy in ihrer Tasche an sich zu melden.

Viola, die näher daran saß, fingerte an der Tasche herum, um das Gespräch entgegennehmen zu können. Nach einem kurzen Check auf das Display meinte sie staunend „Papa!"

Sie sprach ein paar Worte mit ihrem Vater und gab das Gespräch an Doro weiter.

„Ja, es geht mir gut", meinte diese zu ihrem Mann und nach einem Moment des Zuhörens: „Was Alexander? Das kannst du mit rot im Kalender markieren."

Kathi sah zu Viola hinüber, der sich ein Grinsen ins Gesicht geschlichen hatte.

„Mein Bruder Alexander scheint sich gemeldet zu haben."

Doro hatte das Gespräch beendet und wandte sich wieder den beiden zu, die sie fragend ansahen.

„Bert wollte nur wissen, wie es mir geht, aber er hat erzählt, dass Alexander angerufen hat, der etwas herausgefunden hat."

„Was sollte der herausgefunden haben?" fragte Viola, „höchstens, dass er ruhig ab und zu auch einmal etwas von sich hören lassen kann. Ich hatte ihn heute Mittag angerufen und ihm von deinem Unfall erzählt und er hatte mir versprochen, dass er sich wenigstens bei dir meldet."

„Das hat er auch, nein, er muss noch etwas anderes ausfindig gemacht haben. Bert meint, ich solle ihn selbst anrufen und es mir von ihm erklären lassen."

Bei diesen Worten hatte sie schon die entsprechende Nummer in ihrem Handy abgerufen und ließ es anwählen. Sie brauchte nicht lange zu warten, Alexander nahm scheinbar sofort den Hörer ab. Nach einer sehr kurzen Begrüßung, schien er seiner Mutter etwas zu erklären, denn diese sagte nichts, außer „Aha" und „Interessant". Dann sah sie plötzlich Kathi an.

„An wen zahlst du eigentlich deine Miete?"

Irritiert antwortete diese: „An die Quwe Immobilien GmbH, als Dauerauftrag natürlich."

Doro gab diese Information weiter, wieder hörte man nichts außer „Aha". Viola und Kathi schauten sich schweigend an, sie waren gespannt, was diese Frage auf sich hatte. Endlich, nach einer ganzen Weile sagte Doro: „Danke, mein Schatz, ich glaube das hast du gut gemacht – bis bald."

Als sie ihr Handy langsam wegpackte, lag ein rätselhaftes Lächeln auf ihrem Gesicht, „ratet mal, wer diese Quwe Immobilien Gesellschaft eigentlich ist!"

„Das kann ich dir nicht sagen." Kathi war etwas verlegen, „ich sagte dir doch schon, früher hat sich mein Mann um all diese Dinge gekümmert und als ich wieder hier eingezogen bin, war es Gabriele. Sie hat mir geholfen das Formelle zu erledigen, ich habe nur den Dauerauftrag für die Miete unterschrieben, aber den Besitzer dieser Wohnung kenne ich nicht. Warum sollte der auch kommen, er bekommt regelmäßig sein Geld, Heizung wird von einer Firma abgelesen und ausgerechnet. Hier ist alles in Ordnung, das Haus ist gut in Schuss. Die ganze Verwaltung macht sicher diese Gesellschaft, wer aber der wirkliche Besitzer hier ist - keine Ahnung."

„Oh doch, den kennst du sehr gut, zumindest die eine Hälfte. Quwe steht zwar eigentlich für Qualitativ gut wohnen – wenig bezahlen. Dahinter verbirgt sich allerdings niemand anderes als Quandt und Wegner, Gabriele Wegner und Horst Quandt ist ihr Stiefvater, so hat es zumindest Alexander herausgefunden. Er sagt, das sei gar nicht so einfach gewesen, er hätte diese Information sehr hintenherum bekommen und das obwohl auch er in der Immobilienbranche tätig ist. Er hat eine ganze Zeit gebraucht, um hinter die wahren Besitzer dieser Wohnungen zu kommen, denn ich hatte ihn im Frühjahr nach unserem ersten Besuch bei dir erzählt, wie günstig man in Köln noch wohnen könne.

'Was', hatte er damals geantwortet, 'in der Nähe vom Rathenauplatz und dann so ein Anwesen, wie du mir jetzt beschrieben hast, das kostet locker das doppelte von den, was du mir gesagt hast, das kann sich keine Kellnerin leisten.' Er hätte jedoch wieder vergessen, mir das Ergebnis seiner Recherchen mitzuteilen, wenn du, Viola, ihn heute Mittag nicht angerufen hättest."

„Schön," sagte Kathi, „aber was sagt uns das, Gabriele und ihr Stiefvater sind halt die Besitzer dieser Wohnungen, was ist dabei. Es ist nicht strafbar, Wohnraum zu besitzen und zu vermieten."

„Versteh doch, das ist total unter Preis, kein Mensch macht so was, ohne Hintergedanken, mein Gefühl hat mir von Anfang an gesagt, das hier etwas faul ist. Sonst hätte ich doch nie mit meinem Sohn darüber gesprochen, hier stimmt etwas nicht!"

Ihre Überlegungen wurden vom Klingeln an der Wohnungstüre unterbrochen.

Kathi öffnete und stand sprachlos vor Gabriele und schaute sie mit großen fassungslosen Augen an.

„Was ist los mit dir? Du schaust, als ob ich ein Marsmensch sei, du wusstest doch, dass ich heute Abend zurückkommen würde."

Sie trat einfach ein und schaute neugierig ins Wohnzimmer.

„Hallo, ihr beiden, schön euch zu sehen, ich wusste, gar nicht, dass ihr kommen wolltet. Was schaut ihr alle so traurig aus, störe ich? Ihr könnt es mir ruhig sagen, dann gehe ich wieder."

Doro dachte, „wenn man vom Teufel spricht", laut antwortete sie jedoch: „Nein, ich glaube, du störst nicht, wir hatten nur gerade von dir gesprochen."

Gabriele, durchgestylt wie immer, nahm neben Doro auf dem Sofa Platz.

„Aber irgendetwas stimmt mit euch nicht, ihr wirkt anders."

Kathi stand ganz blass neben ihr und fragte leise: „Wann hast du Mattias das letzte Mal gesehen?"

Gabriele runzelte ihre Stirn. „Gestern morgen, ich habe ihn zur Schule geschickt, wie immer, wenn ich hier bin und habe ihm auch noch ein Stückchen weit nachgeschaut. Wieso, was ist mit ihm?"

„Er ist heute Mittag nicht nach Hause gekommen, ich habe überall nach ihm gefragt und du warst eigentlich meine letzte Hoffnung."

„Du weißt doch, dass ich gestern nach Belgien gefahren bin und gerade eben erst zurückgekommen bin."

„Ja das weiß ich." Kathi schluckte schwer und fing zu weinen an. „Nein, ich weiß gar nichts mehr."

Kathi setzte sich aufrecht, man konnte sehen, wie sie ihre Tränen zu unterdrücken versuchte und lehnte sich etwas nach vorne.

„Warum hast du mir eigentlich nie erzählt, dass du der Besitzer unserer Wohnungen bist?"

Gabriele wirkte irritiert, hatte sich aber sofort wieder unter Kontrolle. Sie sah in entschlossene Gesichter und merkte, dass die anderen Bescheid wussten, es wäre sinnlos zu leugnen: „Weil es nicht wichtig ist ..."

Kathi fiel ihr wie hysterisch ins Wort: „Was? Das soll nicht wichtig sein, das ist typisch, nie, niemals erzählst du wirklich mal etwas."

Ihre Stimme schnappte über und die lange zurückgehaltenen Tränen fanden endlich ihren Weg. Ihr ganzer Körper zitterte und bebte, all ihre aufgestauten Enttäuschungen bahnten sich endlich ihren Weg.

Mit dem erneuten Klingeln an der Türe ging Gabis weitere Erklärung verloren, doch Doro hatte den Eindruck, dass sie nicht böse über eine Störung schien. Viola war diejenige, die öffnete, weil Kathi dazu nicht in der Lage war, die Tränen liefen ihr jetzt übers Gesicht, ihr Weinen kam einem Zusammenbruch gleich.
Vor ihr stand ein Polizeibeamter, der sich ihr mit „Bitzen" vorstellte, auch er schien sich gut auszukennen und fand den Weg ins Wohnzimmer ohne Violas Hilfe.
„Guten Abend Frau Kleinschmidt, ich hätte noch einige Fragen an sie und bräuchte auch ein aktuelles Foto von ihrem Sohn."
Kathi wimmerte und ihre Schultern zuckten, Viola reichte ihr ein Taschentuch und erklärte Herrn Bitzen, „ich glaube, dazu ist sie im Moment nicht in der Verfassung."
„Sie können sich ruhig Zeit lassen, ich kann gut verstehen, dass sie sich miserabel fühlen, ich werde mich in der Zwischenzeit mit ihren Gästen bekannt machen. Mit ihnen Frau Wegner habe ich ja schon öfter kurz gesprochen, aber wir kennen uns noch nicht."
Er neigte sich zu Doro hinüber und gab ihr eine Hand.
„Bitzen, mein Name, ich ermittle auch im Falle von Herrn Dirk Kleinschmidt."
Herr Bitzen wollte gerne wissen, in welchem Verhältnis Viola und Doro zu Kathi standen, er nickte zwischendurch Kathi aufmunternd zu und machte auf Doro ei-

nen sehr sympathischen Eindruck. Sodass sie ihm, ehe sie wusste warum, von ihrem Unfall am frühen Morgen erzählte.

Der Polizeibeamte hörte aufmerksam zu und schien das Geschehen sehr wichtig zu nehmen, er machte den Anschein alle Zeit der Welt zu haben. Zwischendurch erinnerte er Kathi nach seinem Wunsch ein aktuelles Foto von Mattias zu bekommen. Mit Violas Hilfe stöberte diese dann einen Packen neuer, noch nicht eingehefteter Fotos durch.

Plötzlich sprach Herr Bitzen Gabriele an: „Schön, dass ich auch sie hier treffe, Frau Wegner, auch an sie hätte ich gerne noch einige Fragen gestellt."

Gabriele nickte großzügig mit dem Kopf.

„Leider sind wir in Herrn Kleinschmidts Fall noch immer auf keine heiße Spur gestoßen. Allerdings haben wir jetzt, mithilfe der spanischen Kollegen, ihren Namen auf einer Passagierliste entdeckt. Entgegen ihren Aussagen befanden sie sich zur Zeit des Verschwindens von Herrn Kleinschmidt, doch auf Mallorca. Da sollten sie sich doch noch dran erinnern können.

Außerdem sind uns noch verschiedene andere Ungereimtheiten aufgefallen, zu denen ich sie gerne noch näher befragt hätte. Das muss allerdings nicht jetzt und hier sein, sondern wir können das auch gerne auf der Wache machen. Sie brauchen ihre Aussagen nicht vor ihrer Freundin zu machen ... Andererseits",

Herr Bitzen machte eine ausdrucksvolle Pause und sah Gabriele intensiv an.

„... es würde mich interessieren, wo sie sich heute morgen, gegen fünf Uhr aufgehalten haben."

Alle starrten plötzlich auf Gabi, die selbst wie erstarrt schien.

Viola hielt ein Foto von Mattias in der Hand und hatte es gerade Herrn Bitzen hinüberreichen wollen. Durch die von ihr verursachte Bewegung, lenkte sie für den Bruchteil einer Sekunde, die Aufmerksamkeit von Gabi ab. Die nutzte die Zeit jedoch, um sich vom Sofa hinab, nach hinten gleiten zu lassen und drei Schritte zurück, durch die offenstehende Tür auf den Balkon zu machen.

In der Bewegung nahm sie ihre Handtasche mit, die geöffnet war und in der ihre rechte Hand verschwunden war. Als die Hand wieder auftauchte hielt sie eine Pistole fest, die sie sich sofort und ohne zu zögern an die Schläfe setzte und abdrückte.

Der laute Knall dröhnte durchs Wohnzimmer, die Schallwellen zitterten durch Doros Kopf und sie bemerkte, dass sie selbst zitterte wie Espenlaub.

Gabi war draußen zusammengesackt, aus dem Loch in ihrer Schläfe tickte Blut hinaus und hatte schon eine richtige Lache gebildet.

Herr Bitzen forderte über sein Handy Verstärkung und Notarzt an, Kathi stieß einen herzzerreißenden Schrei aus und starrte ungläubig auf den reglosen Körper.

„Was soll das alles ... Gabriele ... was ist jetzt passiert?" Kathi war völlig fassungslos.

„Das tut mir leid", sagte Herr Bitzen, „das hätte jetzt nicht geschehen dürfen, verflixt, das hätte ich verhindern müssen. Wäre ich doch nicht alleine gekommen."

Viola hatte Kathi umarmt und hielt ihre Sicht auf den Balkon verdeckt.

„Die spanischen Behörden haben uns leider erst jetzt mitgeteilt, dass sie Frau Wegners Namen auf einer Passagierliste gefunden hatten, da sie als Vielflieger gilt, ist sie wohl anfangs durch unsere Kontrolle gerutscht. Doch es gab noch andere Ungereimtheiten, die uns stutzig gemacht hatten, dummerweise können wir Frau Wegner jetzt nicht mehr befragen.

Hoffentlich finden wir irgendwelche Hinweise in ihrer Wohnung. Ich vermute fest, dass sie auch mit dem Verschwinden von Mattias zu tun hat."

Es dauerte nur kurze Zeit und in Kathis Wohnung herrschte ein reges Treiben, Gabis Leiche war abtransportiert worden und die Spurensicherung war in beiden Wohnungen fieberhaft nach jedem noch so kleinen Hinweis am Forschen.

Das Fach mit Gabis Schlüsseldepot war recht schnell gefunden, die Spezialisten staunten nicht schlecht, ob der skurrilen Sammlung. Allerdings hatte sie den einzigen aktuellen Hinweis, wo sich Mattias aufhielt, schon selbst vorher entfernt. Das Schildchen „Jagdhütte Friedhelm" hatte Gabi abgelöst und der Schlüssel zu Mattias Gefängnis hing nun namenlos mit an ihrem Schlüsselbund.

Sonntag, der 17. 8. 2008

Doro und Viola hatten Kathi überreden können, mit ihnen mit zu kommen, sollte Mattias gefunden werden, würde er schnellstens zu ihr, oder sie zu ihm gebracht werden. Ihr Zustand ließ es jedoch nicht zu, sie alleine in Köln zurück zu lassen. Auch Doro konnte nicht arbeiten gehen, wegen ihrer Schmerzen, so war es naheliegend, dass sich die Frauen gegenseitig versorgten.

Kathi wurde von Tag zu Tag verzweifelter, man hatte keinen Hinweis gefunden, wo Mattias sein könnte.

Die Pistole, eine 9 mm Lugger, mit der sich Gabriele erschossen hatte, hatte eindeutig zu Dirks verschwundener Waffensammlung gehört, von den Gewehren fehlte jedoch jede weitere Spur.

„Wir kommen nicht weiter", sagte Herr Bitzen bitter, der sich schwere Vorwürfe machte, Gabis Selbstmord nicht verhindert zu haben, „wir wissen ja noch nicht einmal, wo wir überhaupt suchen sollen. Er könnte überall sein, Köln, Eifel, Westerwald, sogar Belgien. Diese Frau hatte Zugang zu so vielen Möglichkeiten, sie war durch und durch kriminell.

Sogar ihren Stiefvater hat sie unterdrückt und erpresst. Von ihm haben wir ein umfassendes Geständnis, für ihn war es scheinbar wie eine Erlösung, sich alles von der Seele reden zu können. Er gibt sich selbst die Schuld, dass sie so brutal schlecht geworden ist.

Allerdings bringt uns dieses Geständnis nicht weiter, da sie ihm im Laufe der Jahre über den Kopf gewachsen ist und er keine Ahnung über all ihre Machenschaften hatte.

Wenn wir doch nur wüssten, wo der Junge versteckt ist, ich bin mir hundertprozentig sicher, dass Frau Wegner ihn irgendwohin verschleppt hat. Doch wir können nur auf Hinweise aus der Bevölkerung hoffen. Mattias Bild wurde in Fernsehen und Zeitungen veröffentlicht."

Solche Reden konnte er nur vor Doro, Bert und Viola halten, bei Kathi selbst zeigte er sich immer nur zuversichtlich.

Aber heute war er schon den vierten Tag verschwunden und die vierte Nacht fing an hereinzubrechen, es war kurz vor zweiundzwanzig Uhr, Herr Bitzen hatte noch einmal bei Kathi vorbeigeschaut und wollte sich gerade verabschieden, als sein Handy vibrierte. Er nahm das Gespräch an und wurde ganz aufgeregt, „ich komme sofort."

„Was ist los?" wollte Kathi sofort wissen.

„Ein Jäger hat Rauchzeichen aus einer Jagdhütte in der Eifel beobachtet, die Kollegen sind schon unterwegs und müssten bald schon vor Ort sein. Frau Kleinschmidt, es muss sich hier aber nicht um ihren Sohn handeln, vielleicht treibt jemand nur einen Schabernack."

„Wenn sie dahin fahren, möchte ich mitkommen!" sagte Kathi entschlossen.

Auch Viola wollte sich anschließen, um Kathi trösten zu können, falls sich diese Spur als Niete erweisen würde.

Doch schon unterwegs bekamen sie die wunderbare Nachricht, dass die Kollegen in einer verlassenen

Jagdhütte einen kleinen Jungen befreien konnten. Herr Bitzen brauste so schnell es ging, durch die nun vom Vollmond beleuchtete Nacht, doch es dauerte noch fast zwei Stunden, bis Kathi endlich ihren Sohn in die Arme schließen konnte.

Dieses Mal flossen Freudentränen und Mattias wehrte sich schließlich aus der mütterlichen Umklammerung.

„Gut, dass du dabei bist, Tante Viola, du hast mir damals den Ofen erklärt, siehst du, ich habe es nicht vergessen. Hinten der Hebel war für die Abluft am Kamin und damit habe ich Rauchzeichen gemacht, immer wieder lang – kurz – lang, lang – kurz – lang, du hast gesagt das heißt S-O-S.

Dafür habe ich die alte Matratze aufgerissen und verbrannt und alles, was ich sonst noch so finden konnte und geschwitzt habe ich, weil es in der Hütte so warm wurde und ich konnte doch kein Fenster aufmachen. Sonst wäre ich ja auch schon viel früher von hier weggelaufen."

Viola konnte nicht anders als lachen und weinen gleichzeitig, sie nahm den Knirps fest in den Arm und sagte zu ihm: „Das hast du sehr gut gemacht, du bekommst eine eins plus von mir. Weißt du was, ich habe noch eine Überraschung für dich. Eigentlich wollten wir es dir erst sagen, wenn es soweit ist! Doch es dauert nur noch ein paar Tage und dann bekommt Kelly Babys und du darfst dir einen kleinen Welpen aussuchen. Wir haben auch schon mit Frau Weber darüber gesprochen, sie hat nichts dagegen. Ganz im Gegenteil, die hatte früher selber immer einen Hund gehabt und würde sich freuen, wenn wieder einer ins Haus käme."